岩 波 文 庫

32-774-4

マクロプロスの処方箋

カレル・チャペック作
阿 部 賢 一 訳

岩 波 書 店

Karel Čapek

VĚC MAKROPULOS

1922

目次

マクロプロスの処方箋

——三幕と〈変身〉からなる喜劇

前書き

私がこの新しい喜劇に取り組み始めたのは、三年か四年前、つまり『ロボットRUR』よりも前のことである。[1] もちろん、当時は小説として構想していた。以前から頭に浮かんでいたので、早くけりをつけたいと思っていた題材の一つだった。その契機となったのが、老化は組織の自家中毒であるという、たしかメチニコフ教授[2]の理論だった。

この二つの事柄に触れておくのは、今年の冬にバーナード・ショーによる新作『メトセラ時代に帰れ[3]』が刊行されたからである。さしあたり抜粋でしか知らないが、壮大な規模で、本作と同じ長寿の問題を扱っているという。題材の一致はまったくの偶然であり、抜粋を見たかぎり、その一致も表面的なものにすぎない。というのも、バーナード・ショーは、私とは正反対の結末に達しているからである。私が見たところ、ショー氏は、数百年にわたって生きる可能性を、人類の理想的な状態、未来の楽園として捉えている。読者の皆さんはお気づきになるだろうか、本書において長寿は、まったく別の形で、つまり、それほど理想的ではない状態、ひいてはあまり好ましくないものとして描かれている。どちらが公正なものかを決めるのは難しい。残念ながら、両方を体験することは叶わない。ショーのテーゼは古典的な楽観主義の事例として、本書のテーゼは絶望的な悲観主義の事例として見なすことはできるだろう。だが、私が悲観主義者もしくは楽観主義者と呼ばれたとしても、私個人の人生がより幸せになるわけでも、より悲しいものになるわけでもない。とはいえ、「悲観主義者であること」には社会に対する責任があるように、つまり、世界や人間に対して何か悪い振る舞いをしているのではないかという暗黙の批判が向けられているように思われる。この場を借りて明言したいのだが、私はこの点に関して罪の意識はない。私はいかなる悲観主義にも加担していないからである。もし悲観主義が感じられるとしたら、無意識のうちに嫌々ながら染まっているにすぎない。この喜劇には、むしろ安らぎや楽観的なことを伝えたいという正反対の意図を込めたつもりだ。六十年生きることは悪いことで、三百年生きることが良いことだと主張するのが楽観的なのかどうか分からない。(平均)六十年の人生が適当かつとても良いものと公言しても、犯罪的な悲観主義にはならないだろう。一方、いつの日か、病気も、貧困も、汚れ仕事も一切合切なくなると予言するのは楽観主義になるだろう。けれども、病気や貧困や重労働に満ちた今日の人生が、きわめて悪いものでも、ひどいものでもなく、どこかに何らかの価値があると言ったとしたら――それは、どうだろうか？　悲観主義だろうか？　そうは思わない。おそらく楽観主義には二種類あるだろう。一つは、悪いものから目を背け、ちょっと夢を見て、何か良いものへと向かう。もう一つは、悪いもののなかにちょっと夢を見て、少しだけ良いものを見出そうとする。前者は、ひたすら楽園を探すもので、人間の精神にとってこれ以上美しい方向はない。後者は、相対的な善のかけらをあちこちに探すものであって、その試み自体に価値がないわけではないだろう。楽観主義という表現が適当でなければ、別の言葉を探せばいいだけのことである。

かといって、この戯曲でそのことを殊更に強調したいわけではない。几帳面な性格から一応触れただけにすぎない。今、念頭に置いているのは戯曲『虫の生活より④』である。この作品によって、私にも、共著者（兄ヨゼフのこと）にも、悲観主義というカインの印が刻まれることになった。確かに、人間社会を虫に喩えるのはきわめて悲観的である。けれども、一人の個人を浮浪者に喩えるのはけっして悲観的ではない。「虫」にすることで人類を侮辱していると著者を批判する者は、同作の「浮浪者」も人間であり、人間に語りかけていることを忘れている。真の悲観主義者とは、腕を組んで何もしない人のことだろう。言うなれば、倫理的な敗北主義である。仕事をし、何かを求め、実現する人間は悲観主義ではないし、そうはなりえない。ありとあらゆる懸命な試みは、言葉で正当化されなかったとしても、信頼をもたらす。カッサンドラ⑤は悲観主義者だろう。何もしなかったからである。もしトロイアで戦っていれば、そうはならなかった。

これ以外にも、悲観主義の文学というものがある。そこでは、人生は絶望的なまでにつまらないもの、人間も社会も複雑かつ問題含みで退屈きわまりないものとして描かれている。だが、このような度を越えた悲観主義は苦しみしかもたらさない。

カレル・チャペック

訳注

(1) この前書きは一九二二年秋に刊行された本書の初版に掲載された。カレル・チャペックの戯曲『ロボット RUR』はその二年前の一九二〇年に発表されている。

(2) イリヤ・メチニコフ(一八四五―一九一六)。ロシアに生まれ、フランスに帰化した生物学者。免疫学の領域で先駆的な研究を行った。

(3) アイルランドの劇作家ジョージ・バーナード・ショー(一八五六―一九五〇)による戯曲『メトセラ時代に帰れ』(邦訳は『思想の達し得る限り』)は一九二一年に刊行され、一九二二年、ニューヨークで初演された。メトセラは、九六九歳まで生きたという、『旧約聖書』で最も長生きした人物。

(4) 『虫の生活より』(一九二二年)は、兄ヨゼフと弟カレルの共作で執筆された風刺的な戯曲。酔っぱらった浮浪者が虫の世界に入り込み、そこで虫たちの欲にまみれた利己的な振る舞いを次々と目にする。

（5）ギリシア神話のトロイアの王女。アポロンから予言する力を授かったが、その求愛を断ったことから、アポロンに呪いをかけられ、彼女の予言を誰も信じなくなってしまう。そのため、木馬によるトロイアの破滅を予言しても、人々は誰もそれを聞き入れなかった。

登場人物

エミリア・マルティ
ヤロスラフ・プルス
ヤネク　プルスの息子
アルベルト・グレゴル
ハウク＝シェンドルフ
コレナティー　弁護士、法学博士
ヴィーテク　事務弁護士
クリスティナ　ヴィーテクの娘
付き人
医師
舞台美術係
清掃婦

第一幕

〔コレナティー弁護士事務所。正面奥には外に通じるドア、下手《しもて》には弁護士の執務室に通じるドアがある。正面の壁面には背の高い書類棚があり、無数の書類がアルファベット順に並べられている。その前には梯子《はしご》が置かれている。下手に事務弁護士用のデスク、中央に助手用のデスクが向き合って置かれ、上手《かみて》には来客用の安楽椅子が数脚ある。壁には、様々な価格表、法令、カレンダーなどが貼ってあり、電話機も壁に掛けられている。いたるところに、書類、書籍、ファイル、記録文書がある〕

ヴィーテク　〔記録文書を書類棚に片づけながら〕ああ！　まったく！　一時だというのに……弁護士はまだ帰ってこない。――グレゴル家とプルス家の訴訟。G、G

R、あ、ここだ。〔梯子を上る〕グレゴル家の裁判。ほら、お前ももうおしまいだ。ああ！ まったく！〔ファイルをめくる〕一八二七。一八三二。一八四〇。四〇。四〇。四七。あと数年もすれば、百周年か。これほど見事な裁判はなかっただろうに！〔ファイルを棚に戻す〕ここに……安らかに眠る、は……グレゴル＝プルス裁判。そう、永遠なものは何もない。虚無《ヴァニタス》……埃と灰……〔考え込んで、梯子の最上段に坐る〕そう、奴は貴族だ。古くからの貴族だ。プルス男爵。百年にわたって裁判で争っている、あのがめつい奴らめ。——〔間〕「シトワイヤン！ 市民よ！ 何故、汝らは指をくわえて見ているのだ。フランス国王によって甘やかされてきた特権階級、古くからの貴族がみずからの特権を享受しているのは、自然や理性によってではなく、専制そのものだというのに。一握りの廷臣、世襲の高官、土地や権力や法律を意のままにする連中がのさばっている状態を、これからも甘んじて認めるというのか……」

グレゴル〔戸口で立ち止まり、相手に気づかれることなく、しばらく耳を傾ける〕こんにちは。市民マラー君（フランスの革命家。民衆の示威運動を鼓舞）！

ヴィーテク　マラーではなく、ダントン（フランス革命の指導者。ロベスピエールと対立し、のちに処刑）。一七九二年十月二十三日の声明だ。おや、大変失礼いたしました。

グレゴル　弁護士は不在かね？

ヴィーテク　〔梯子から降りて〕まだ戻っておりません。

グレゴル　判決は？

ヴィーテク　存じません、グレゴルさん、ですが――

グレゴル　雲行きは怪しい？

ヴィーテク　お答えできかねます。ですが、あれほど見事な訴訟だったのに残念でなりません。

グレゴル　負けたのかね？

ヴィーテク　分かりません。弁護士は朝から裁判所におりますので。ですが、私だったら――

グレゴル　〔安楽椅子に坐り込む〕電話をかけてくれないか。コレナティー弁護士につないで。早く、君！

ヴィーテク　〔電話機に駆け寄る〕ただちに。もしもし！　――〔電話機から振り返って〕私だったら、最高裁に上告はしませんね。

グレゴル　どうして？

ヴィーテク　というのも――もしもし、二、二、三五。そう、三、五。――〔振り返って〕終わってしまうからです。

グレゴル　何が終わってしまうのかね？

ヴィーテク　訴訟が。グレゴル裁判が。これは単なる裁判ではありません、歴史的な一大事です。だって九十年以上も続いているのですから――〔電話機に〕もしもし、コレナティー弁護士をお願いできますか？　事務所の者です。代わってもらえませんか。――〔振り返って〕グレゴル裁判のファイル、これはもう歴史の一部です。ほぼ百年ですよ。――〔電話機に〕もしもし！　そちらは、もう出た？　分かりました。〔受話器を置く〕こちらに向かっているようです。移動中でしょう。

グレゴル　で、判決は？

ヴィーテク　分かりかねます。私はですね、判決が出ないことを望んでいます。私は――私はお役に立てません、グレゴルさん。ですが、今日がグレゴル裁判の最後の日になるかと思うと――記録を取りはじめて、もう三十二年になります。当時はまだ、お亡くなりになった御父上がお見えになっていました。神よ、あの方に永遠の栄光を授けたまえ。グレゴルさんの御父上、それに故コレナティー弁護士、御父上のほうですが、それはもう偉大な世代でした。

グレゴル　ありがとう。

ヴィーテク　傑出した法律家たちですね。判決の破棄、無効判決、巧みに法の網を潜り抜けてきた。この訴訟は私がここに来てから三十年も続いている。それを、あなたは一も二も無く、ただちに最高裁に上げろ、終わってほしいと！　あれほど見事な訴訟だというのに残念でならない。百年に及ぶ案件の幕を閉じたいと。

グレゴル　もうおしゃべりは結構、ヴィーテク。迚《とて》も斯《か》くても勝利を収めたいのだ。

ヴィーテク　それとも、敗北？

グレゴル　むしろ敗北でもいい……ああなるぐらいなら……なあ……。いいか、ヴィーテク、こんなことでは誰もがおかしくなってしまう。目の前に、一億五千万という額が……目の前にちらついている……幼い頃から、その話ばかり……〔立ち上がる〕君は私が負けると思っているのかね？

ヴィーテク　分かりません、グレゴルさん。争点の多い裁判です。

グレゴル　結構。だが、私が負けたとしたら、その時は――

ヴィーテク　――その時は銃で自殺なさると。今は亡き御父上も同じことを仰《おっしゃ》っていました。

グレゴル　そして実際に、銃で自殺した。

ヴィーテク　ですが、この事件のせいではありません。借金があったからです。あんな暮らし振りでは……遺産だけをたよりにして……

グレゴル　〔顔をしかめて、坐る〕君、黙りたまえ！

ヴィーテク　ああ、大きな訴訟を前に神経をとがらせてはなりません。こんなに見事なものではないですか！〔梯子を上り、グレゴルのファイルを取り出す〕グレゴルさん、この書類をご覧ください。一八二七年、この事務所で最古のものです。唯一無比のものですよ！　すぐにでも博物館行きになるはず。これは、一八四〇年に書かれた美しい文字です。ああ、何という手蹟をこの人物に授けたのでしょう！　文字の美しいこと！　これを目にするのはこのうえない悦びです。

グレゴル　君はどうかしている。

ヴィーテク　〔ファイルを仰々しく仕舞う〕ああ、神さま、きっと最高裁も判決を延期するはず。

クリスティナ　〔静かにドアを開ける〕父さん、まだ帰らないの？

ヴィーテク　〔降りながら〕待ってくれ、もうすぐだから。じきに弁護士はお戻りになるから。

グレゴル　〔立ち上がる〕娘さんかね？

ヴィーテク　そうです。クリスタ、ここから出て。廊下で待っていなさい。

グレゴル　お嬢さん、どうぞ。私のことは気にしないで。学校からの帰りかな？

クリスティナ　リハーサルの帰りです。

ヴィーテク　うちの娘は劇場で歌っているんです。さあ、もう行きなさい！　ここで、お前の出番はない。

クリスティナ　父さん、マルティって、ほんとにすごいの！

グレゴル　誰のことかね？

クリスティナ　あのマルティですよ！　エミリア・マルティ！

グレゴル　誰だ？

クリスティナ　何もご存じないのね！　世界一の歌手よ。今晩、歌うの――午前中、一緒にリハーサルしたの――父さん！

ヴィーテク　それで？

クリスティナ　父さん、私――私――劇場をやめる！　もうあそこに行かない！　どうしても！　どうしても！〔啜《すす》り泣き、後ろを向く〕

ヴィーテク　〔クリスティナに近づく〕クリスティナ、何かあったのか？

クリスティナ　ううん……何も……私にはできない！　父さん、あのマルティって――――私は……あの人の歌声を耳にしたら……もう歌いたくない！

ヴィーテク　ったく！　あの人の声には敵わないか――馬鹿だなあ、いいか、もう行くんだ！　さあ、お願いだ！

グレゴル　どうかね、お嬢さん。その高名なマルティさんとやらも、あなたを羨むかもしれない。
クリスティナ　何を羨むというんです？
グレゴル　あなたの若さを。
ヴィーテク　そうだ！　いいか、クリスタ。こちらはグレゴルさんだ。いいか？　お前も彼女の年になったら分かる……マルティは何歳だ？
クリスティナ　知らない。きっと……誰にも……分からない。たぶん三十ぐらい。
ヴィーテク　ほら、三十だろ！　もういい年だ！
クリスティナ　でも美しいの！　あの人はとても美しいの！
ヴィーテク　いいか、相手は三十だ！　結構な年だ！　いつかお前は——
グレゴル　お嬢さん、今晩、私は劇場に行くことにした。マルティ目当てではなく、あなたを観にね。
クリスティナ　マルティを観ないのは間抜けのやることです。その上、見る目がないのね。

グレゴル　ありがとう。それで十分。
ヴィーテク　ああ、お前は口が過ぎるぞ。
クリスティナ　知らない人がマルティのことをあれこれ言うべきではないの。みんな、あの人に夢中なんだから！　みんなよ！

〔コレナティー弁護士が入ってくる〕

コレナティー　やあ、クリスティナ！　元気かね——依頼人もご一緒か。ご機嫌はどうです？
グレゴル　結果は？
コレナティー　まだ出ていませんよ。最高裁は中断したところで——
グレゴル　——評議のために？
コレナティー　いや、昼食で。
グレゴル　判決は？
コレナティー　午後でしょう。しばしお待ちを。昼食は召し上がりましたか？

ヴィーテク　ああ、ああ！

コレナティー　どうした？

ヴィーテク　これほど見事な裁判が終わってしまうとは。

グレゴル　〔坐る〕また待つのか！　もう飽き飽きだ！

クリスティナ　〔ヴィーテクに〕もう行きましょう、父さん！

コレナティー　クリスティナ、元気かい？　また会えてうれしいよ！

グレゴル　弁護士、率直なところを聞きたい。状況は？

コレナティー　さてさて。

グレゴル　悪いのか？

コレナティー　よろしいですか、望みがあると私は言いましたか？

グレゴル　なら……どうして……

コレナティー　どうして、この裁判を引き受けたか？　私は貴方を相続したにすぎないのです、友よ。あなた、ヴィーテク、そしてあの机を。知りたいですか？　この家では、遺伝病さながらにグレゴル裁判を相続するのです。ですが、あなたが支払う経費は何もない。

グレゴル　私が勝てば、君には弁護士報酬が入る。

コレナティー　そうなれば、嬉しいですがね。

グレゴル　まさか、君は――

コレナティー　もし知りたいというのでしたら申し上げますが、その通りです。

グレゴル　――我々が負けると？

コレナティー　その通り。

グレゴル　〔落胆する〕結構。

コレナティー　ですが、まだ自殺なさるのは早いかと。

クリスティナ　父さん、この人、自殺するの？

グレゴル　〔気持ちを落ち着かせて〕まさか、お嬢さん。今晩、あなたを観に行くと約束したでしょう。

クリスティナ　私が目当てではないでしょう。〔ベルの音〕

ヴィーテク　今度は誰だ――留守にしていると返事します。〔外に出る〕さっさと帰ってもらおう！

コレナティー　クリスティナ、大きくなったね！　もう立派なご婦人だ。

クリスティナ　いいから、ご覧になって！

コレナティー　どうして？

クリスティナ　この人……ひどく顔色が悪い！

グレゴル　私が？　お嬢さん、失礼。少し風邪気味で。

ヴィーテク　〔ドアの向こう側から〕こちらへ。ええ、どうぞ。お入りください。

〔エミリア・マルティが入り、ヴィーテクが続く〕

クリスティナ　ああ、マルティよ！

エミリア　〔戸口のところで〕コレナティー弁護士？

コレナティー　はい。ご用は？

エミリア　私はマルティ。こちらに来たのは、例の件で――

コレナティー　〔恭《うやうや》しく室内へ招き入れる〕どうぞ、中へ！

エミリア　――グレゴル裁判の件で参りました。
グレゴル　何ですって？　奥さま――
エミリア　結婚はしておりません。
コレナティー　マルティさん、こちらはグレゴル氏、私の依頼人です。
エミリア　〔グレゴルをちらりと見る〕こちらが？　まあ、そのままで。〔坐る〕
ヴィーテク　〔クリスティナをドアから押し出す〕クリスタ、さあ、行くぞ！〔一礼してから、忍び足で去る〕
エミリア　あの娘《こ》、どこかで見たことがある。
コレナティー　〔二人が出た後でドアを閉める〕マルティさん、大変光栄なことです――
エミリア　おや。あなたが、あの弁護士さんね。
コレナティー　〔向かい側に坐る〕左様で。
エミリア　――グレゴルの代理人をしてらっしゃるのは――
コレナティー　私です。

エミリア　――ペピ・プルス（ペピはヨゼフの愛称）の遺産の訴訟の件で？

コレナティー　ええ、ヨゼフ・フェルディナント・プルス男爵、一八二七年に他界されましたが。

エミリア　え、あの人、死んだの？

コレナティー　残念ですが。亡くなられて、まもなく百年になります。

エミリア　ああ、可哀想に。知らなかった。

コレナティー　そうでしたか。私に何かお役に立てることでも？

エミリア　〔立ち上がる〕いいえ、これ以上お邪魔をしては。

コレナティー　〔立ち上がる〕失礼。ですが、何かの事情があって、こちらにいらっしゃったのでは。

エミリア　いいえ。〔再び坐る〕お伝えしたいことがあって。

コレナティー　〔坐る〕グレゴルの件で？

エミリア　たぶん。

コレナティー　ですが、外国のご出身ですね？

エミリア　そう。たまたま、今朝知ったのです……その人の裁判のことを。まったくの偶然で。

コレナティー　おやおや！

エミリア　新聞で見たんです。私の記事があるか見ていたら、ふと目に入ったの、「グレゴル対プルスの裁判、今日、判決言い渡し」。偶然でしょ？

コレナティー　そうでしょう、すべての新聞に載っているでしょうから。

エミリア　それで……あることを……ふと、思い出したの……つまり、この裁判のこと、話して下さる？

コレナティー　何でもお尋ねください。どうぞ。

エミリア　私は全然分かっていないの。

コレナティー　まったく？　少しもですか？

エミリア　だって、初めて耳にしたのですから。

コレナティー　そうなると――失礼ですが――どういう関心をお持ちなのか、分かりかねます――

エミリア　何でもいいから、お話しになって。
コレナティー　ええ、ひどい裁判です。
エミリア　でも、分があるのは、グレゴルでしょ？
コレナティー　多少は。でも、それだけでは勝てません。
グレゴル　まあ、話して。
エミリア　大事な点だけでも。
コレナティー　まあ、関心をお持ちのようでしたら……〔安楽椅子に坐り、口早に話をはじめる〕それは、一八二〇年頃のこと、まだプルス男爵の領地、つまり、セモニツェ、ロウコフ、ノヴァー・ヴェス、ケーニヒスドルフなどの領地を、頭の弱いヨゼフ・フェルディナント・プルス男爵が治めていました——
エミリア　ペピの頭が弱いですって？　まさか！
コレナティー　変わり者だったということでしょう。
エミリア　それを言うなら、不幸だった、でしょうに。
コレナティー　失礼ですが、あなたはご存じないはずでは。

エミリア　あなたもそうでしょ。
コレナティー　神のみぞ知るですな。で、ヨゼフ・フェルディナント・プルスは、一八二七年、独身で子供もおらず、遺言も残さずに亡くなった。
エミリア　死因は？
コレナティー　脳炎か、何かかと。遺産相続にあたって名乗り出たのが、従兄弟《いとこ》にあたるポーランドのエメリッヒ・プルス＝ザブジェ＝ピンスキ男爵。それに対して、すべての遺産を相続する権利があると主張したのはセファージ・ド・マロスヴァール伯爵という人物で、故人の母の甥か何かです。細かい点は省きましょう。さらにロウコフの土地について権利を主張したのが、フェルディナント・カレル・グレゴル、我が依頼人の曽祖父にあたる方です。
エミリア　いつのこと？
コレナティー　一八二七年のうちに。
エミリア　待って、フェルディはその頃まだ子供だったはず。
コレナティー　その通り。当時、テレジア・アカデミー（軍人養成学校）の生徒で、ウィーンの弁護士が代理人を務めていました。ロウコフの土地の権利を主張するようになった経緯は、こういうことです。故人が亡くなる前の年、テレジア・アカデミーの理事会に、みずから《ホーフペルゼンリッヒ》立ち寄り、城館、邸宅、荘園、登記されている《ダス・オーベンゲナンテ・グート・ザムト・シュロス・ヘーフェン・マイアーヘーフェン・》すべての不動産《ウント・インヴェンタル》を、まだ未成年《デス・ゲナンテン・ミンダーイエーリゲン》のグレゴルに譲渡し、彼が成人の《ファルス・ウント・》年齢に達したら《ゾーバルト・エア・マヨレン・ヴィルト》、ただちに彼の所有物《イン・ベジッツ・ウント・アイゲントゥム》になる、登記されている不動産の権利を譲り受けると述べていた。それから、二点目《プロ・セクンド》です。未成年の彼は、ロウコフの土地の所有者《ベジッツァー・ウント・アイゲンテュマー・デス・グーテス・ロウコフ》として、故人の存命中、上述の土地に関する収入を受け取っていたのです。つまり、これによっていわゆる自然継承の証明がなされていたのです。

エミリア　なら、問題ないのでは？

コレナティー　まあ、お聞きください。それに対して、エメリッヒ・プルス男爵が、不動産の贈与は記録されていないと異議を申し立てたのです。つまり、登記簿に記載はなく、故人は遺言を書面で残していない、それとは逆に《ヒンゲーゲン》、亡くなる直前、別の人間に贈与すると口頭で述べたと主張したのです——

エミリア　まさか！　相手は誰なの？

コレナティー　そこが問題なのです。少々お待ちを、すぐに読み上げます。〔梯子に上って、書類棚に向かう〕傍から見れば、冗談のようですよね。ああ、ここにある。〔「グレゴル」と書かれたファイルを取り出し、梯子の一番上の横木に坐り、素早くめくる〕ええっと、ふむ。セモニツェ出身の高貴なる長子相続権者プルス・ヨゼ《ダス・ヴェーレント・デス・アプレーベンス・デス・ホフヴォールゲボールネン・マヨラーツヘルン・フライ》フ・フェルディナント男爵の死の直前に作成された調書、つまり《ヘルン・プルス・ヨーゼフ・フェルディナント・フォン・ゼモニッツ・フォアゲノメネ・プロトコル・ウント・ゾー・ヴァイター》、どこかの神父、医師、公証人が、ヨゼフ・プルスが死ぬ間際に記した死亡通知書です。こう書いてあります。「熱にうなされ……何か伝えたいことはないかと尋ねられ……　何　度　も《ヴィーダーホルテン・マレ》——　——、ロウコフの不動産《ダス・アロディウム・ロウコフ》——　……　マッハ、グレゴル《ヘレン・マッハ・グレゴル・》に帰属する《ツーコメン・ゾル》……」〔記録書類を閉じる〕マッハ、グレゴル《ヘレン・マッハ・グレゴル》に。〔ファイルを片付ける〕マッハという人物です。グレゴル・マッハ、チェコ語風に言えばジェホシュ・マッハ、つまり当時はまだ知られていない、身元不明の人物です。〔上で坐ったままでいる〕

エミリア　それは違う！　ペピが念頭に置いていたのはグレゴルのはず。フェルディ・グレゴルのこと！

コレナティー　おそらく、そうでしょう。ですが、書かれたものは書かれたものです。本来の言及対象たるグレゴルの側は、「マッハ」という語は聞き間違いか書き間違いで、口述の遺言に紛れ込んだだけで、「グレゴル」は姓であって、洗礼名ではないなどと主張したのでした。ですが、書かれたものだけが効力を持ちます——エメリッヒ・プルスは、ロウコフと遺産すべてを相続したのです。

エミリア　じゃあ、グレゴルは？

コレナティー　グレゴルは何も相続していません。かたや、従兄弟のセファージですが、伝え聞いたところによると、とんでもないならず者のようですが、こちらのほうは、たまたまジェホシュ・マッハという名前の人物をどこかで探し出してきたのです。で、このマッハは、故人とは——きわめて内密な関係が——あったと裁判所で告白したのです——

エミリア　嘘よ！

コレナティー　もちろん。さらにロウコフの遺産の権利も主張しているのです。そのうえ、ジェホシュ・マッハは、ロウコフの権利に関する公証人の手続きをセファージ氏に任せて姿を消したのです――これは、歴史が語らないところですが。今度は勲爵士セファージがロウコフの権利を主張し、裁判に勝った。そして今や、ロウコフは彼のものとなったのです。

エミリア　なんていうこと！

コレナティー　馬鹿げてるでしょう？　それから、グレゴルは、セファージに対する訴訟を始めたのです。先ほどのジェホシュ・マッハは、ロウコフの法律上の相続人ではなく、故人は熱にうなされた状態で口頭で述べただけだとして。長い長いやり取りの末にこちらが勝ち、その前の判決が取り消されたものの、ロウコフはグレゴルには渡らず、エメリッヒ・プルスに渡ったのです。ご理解いただけましたか？

グレゴル　ご婦人、これが公正と呼ばれるものです。

エミリア　どうして、グレゴルのものにならなかったの？

コレナティー　そう、極めて形式的な理由からです。それに、ジェホシュ・マッハも、フェルディナント・カレル・グレゴルも、故人との血縁関係はなかったからです――

エミリア　でも、待って！　だって、彼の息子でしょ！

コレナティー　誰が？　誰の息子なんです？

エミリア　グレゴルよ！　フェルディはペピの子供でしょ！

グレゴル　〔飛び上がる〕子供？　どうしてご存じなんです？

コレナティー　〔梯子から降りる〕子供？　では、母親は？

エミリア　母親？　それは……エリアン・マック＝グレガー、ウィーンの宮廷歌劇場の歌手。

グレゴル　何という名前ですって？

エミリア　マック＝グレガー。スコットランド系の名前。

グレゴル　博士、聞いたか？　マック＝グレガー！　マック！　マック！　マッハなんかじゃない！　分かったかね？

コレナティー　〔坐る〕もちろん。では、どうして彼女の息子はマック＝グレガーじゃないんです？

エミリア　そう、母の側から見ればそう――でも、フェルディは母親のことをまったく知らなかったのだから。

コレナティー　なるほど。それに関して何か書類をお持ちですか？

エミリア　分からない。それで？

コレナティー　それで？　そう、それからというもの、ロウコフの土地をめぐって、若干の中断はあるものの、今日まで裁判は続いているのです、プルス、セファージ、グレゴルの数世代にわたって、コレナティー弁護士の傑出した法的な手助けのもと、およそ百年も続いている。その手助けをもってしても、グレゴルは決定的な敗北を喫することになります。それが偶然にも今日の午後のことなのです。以上です。

エミリア　ロウコフがその争点になっているの？

グレゴル　そうです。

コレナティー　六〇年代に、ロウコフの地に炭鉱ができたのです。その価格は推し量ることすらできません。一億五千万を下らないでしょう。
エミリア　それだけ?
グレゴル　ええ、それ以上にはならないかと。私にはそれで十分です。
コレナティー　ご婦人、他に何かご質問でも?
エミリア　ええ。裁判に勝つには、何が必要なの?
コレナティー　そう、きちんとした遺言書があれば一番です。
エミリア　どういう遺言書ならいいの?
コレナティー　そもそも遺言書は一通もありません。
エミリア　馬鹿げている。
コレナティー　確かに。〔立ち上がる〕他にご質問は?
エミリア　そのプルスの古い館は、今、誰のものなの?
グレゴル　私のライバルです。ヤロスラフ・プルス。
エミリア　古い書類を仕舞っておくものを何て言ったかしら?
グレゴル　保管庫。

コレナティー　書類棚。

エミリア　ねえ、プルスの家には、そういう棚があるはず。引き出しにはそれぞれ年号が記されている。そこに、ペピは古い指示書や、計算書とか、他のがらくたを仕舞っていたの、分かる？

コレナティー　ええ、よくそうしますね。

エミリア　そこに一八一六年と書かれた引き出しがある。その年に、ペピはあのエリアン・マック＝グレガーと知り合ったの。ウィーンの会議か何かで。

コレナティー　なるほど！

エミリア　エリアンからもらった手紙を全部、その引き出しに仕舞っていたの。

コレナティー　〔坐る〕どうして、それをご存じなんです？

エミリア　そんなこと訊くのは野暮よ。

コレナティー　失礼。話を続けて。

エミリア　そこには、管理人とかそういった人たちからの手紙がある、いい？　つまり、とても古い書類が山のように。

コレナティー　ふむ。
エミリア　誰かがもう焼却して処分したかしら？
コレナティー　そうかもしれません。十分にありうることです。いずれにしても、見てみましょう。
エミリア　ご覧になるの？
コレナティー　ええ。もちろん、プルス氏が許せばの話ですが。
エミリア　もし許さなかったら？
コレナティー　他に手立てはありません！
エミリア　別のやり方もご存じでしょ、ねえ、分かるわね？
コレナティー　ええ、真夜中に、ロープのついた梯子、合鍵などを使うやつですね。弁護士はどういう人間か、よくご存じのようだ。
エミリア　どうしても、それを手に入れないとだめなの！
コレナティー　様子を見ましょう。他には？
エミリア　もしあそこに手紙があるとしたら——それから……そこには……大

きな黄色の封筒があって――

コレナティー　そこに――

エミリア　プルスの遺言書があるはず。直筆で、蠟《ろう》で封印されたものが。

コレナティー　〔立ち上がる〕そんな馬鹿な！

グレゴル　〔飛び上がる〕それは確かなのか？

コレナティー　中身はいったい？　どういうもの？

エミリア　そう、ペピが遺産のことを……ロウコフの土地は……ロウコフ生まれの……非嫡出子の息子フェルディナントに委ねると……日付はえっと、忘れたわ。

コレナティー　そう書いてあるのですね？

エミリア　そう書いてある。

コレナティー　封印されている？

エミリア　そう。

コレナティー　ヨゼフ・プルス本人の印で？

エミリア　そう。

コレナティー　見事ですね。〔坐る〕私たちを担ぐつもりですか？
エミリア　私が？　信じてないのね？
コレナティー　もちろんです。一言も信じてません。
グレゴル　いや、私は信じる！　君は、よくもそんなことが――
コレナティー　まあ落ち着いて。封印がされているのに、どうやって中身が分かるんです？　ねえ、そうでしょ――
グレゴル　だが――
コレナティー　封印されたのは百年も前の話だ！
グレゴル　いや、だが――
コレナティー　しかも、他人の家にある！　子供じみた真似はやめましょう、グレゴル。
グレゴル　私は信じる！
コレナティー　ご自由に。マルティさん、あなたは、とても変わった、いや、じつに変わった才能をお持ちだ……作り話をされるとは。そういうご趣味がおありなんですか？　よくなさるのですか？

グレゴル　少し黙りたまえ！

コレナティー　ええ、墓地のように。すっかり黙りましょう。

グレゴル　博士（コレナティーのこと）、いいかね、私はこの婦人が話されたことをすべて信じたい――

エミリア　あなたは紳士ね。

グレゴル　――ただちにプルスの家を訪れ、一八一六年の書類を彼に求めるか――

コレナティー　それはたぶんやりませんね。それか――

グレゴル　――それか、電話帳の一番初めに載っている弁護士に業務を委託し、グレゴル裁判の弁護を依頼する。

コレナティー　お好きなように――

グレゴル　結構。〔電話機のところに行き、住所録をめくる〕

コレナティー　〔グレゴルに近寄る〕ねえ、グレゴル、馬鹿なことはやめて。ぼくたちは友だちだろ、なあ？　それどころか、ぼくは君の後見人だったじゃないか。

グレゴル　アベレス、アルフレット弁護士を、二七六一番。
コレナティー　おい、そいつはだめだ！　これは最後の助言だ。全部台無しにしたいのか――
グレゴル　〔受話器に〕もしもし！　二七六一番を。
エミリア　いいわ、グレゴル！
コレナティー　恥ずかしいことはやめて！　先祖伝来のこの一件を、あんな――
グレゴル　〔受話器に〕アベレス弁護士？　こちら、グレゴル、事務所から――
コレナティー　〔受話器を奪い取る〕分かった。私が行く。
グレゴル　プルスのところにか？
コレナティー　悪魔のところでも行くさ。だが、君たちはここから一歩も動かないこと。
グレゴル　弁護士、一時間以内に戻ってこなかったら、奴に電話をする――
コレナティー　こんちくしょう！　――婦人、失礼。お願いだ、これ以上私を弄《もてあそ》ばないで。

〔外に出る〕

グレゴル　ああ、ようやく！

エミリア　あの人は、ほんとに馬鹿なの？

グレゴル　そうではありません。単なる実務家なのです。奇跡を考えることができない。私はたえず奇跡を待っていた、そうしたら、あなたがやってきた。あなたに感謝の言葉を申しあげたい。

エミリア　いえ、それには及ばないわ。

グレゴル　いいですか、私には確信があるんです……遺言書は本当にあると。あなたの言葉をなぜ信じているのか、分かりません。おそらく、あなたがあまりにも美しいからでしょう。

エミリア　お年は？

グレゴル　三十四です。マルティさん、私は幼い頃から、ただあの何億というお金を手に入れることを夢みてきました。それがどういうものか想像もできないでしょう。私は馬鹿みたいな生活をしてきたのです、他にどうしようもなかった――
――もしあなたがいらっしゃらなかったら――

エミリア　借金だらけ？

グレゴル　そう。今晩にでも、銃で自殺するしかないでしょう。

エミリア　馬鹿げてる。

グレゴル　包み隠さずお話しします。これまで誰も私に助けの手を差し出す人はいなかった。そこに、あなたが突然やってきた。高名で玲瓏《れいろう》たる人物、秘密に包まれた方が、どこからかやってきて……私を救ってくれた！　――どうして笑ってらっしゃるんです？　どうして私のことを笑うんです？

エミリア　馬鹿ね。何でもないわ。

グレゴル　ええ、もう自分のことを話すのはやめます。愛しい婦人、私たちは同類です。誓ってもいい、さあ、お話しを！　全部説明なさってください！

エミリア　これ以上、何を？　十分話したじゃない。

グレゴル　家族にまつわる事柄です。それに……家族の謎を。並の人間には扱えない術を知っているのか、あなたはよくご存じだ。お願いだ、洗いざらい話してください！

〔エミリアは首を振る〕

エミリア　話す気はない。
無理でしょうか？
グレゴル　手紙の内容はどうやって知ったのです？　遺言書のことはどうやって？　どこで？　いつ？　あなたに話したのは誰です？　誰と関係があったのですか？　お願いです……その背後には何があるか、私は知る必要があるのです。あなたは何者なのか？　これはいったいどういうことなのか？
エミリア　奇跡よ。
グレゴル　そう、奇跡です。ですが、奇跡はどのようなものであれ、説明が必要です。そうでなければ――そうでなければ、耐えられません。あなたは、なぜ、ここにやってきたのです？

エミリア　分かってるでしょう。あなたを助けるためよ。
グレゴル　では、どうやって私を助けようと？　どうして、私を？　あなたの関心はどこにあるのです？
エミリア　それは私の問題。
グレゴル　私の問題でもあります。マルティさん、私は、すべてを、財産を、この命をあなたに託しているのです。あなたにどう振る舞えばよいでしょう？
エミリア　どういうこと？
グレゴル　あなたに何を差し上げればよいのか、マルティさん。
エミリア　ああ、そういうこと、私にくださるのね……取り分ってやつね？
グレゴル　その言葉は使わないでいただきたい！　単なる感謝の気持ちとして受け止めてください。不快に思われていなければ――
エミリア　だいじょうぶ、足りているから。
グレゴル　失礼ですが、足りているという言葉を使うのは貧乏人だけ。裕福な人間は満足を知らない。

エミリア　〔激昂して〕まったく！　ならず者の分際で、私にお金を差し出すっていうの！
グレゴル　〔恥じ入って〕お許しを、私は慣れていないのです……施しを受けることに。〔間〕あなたは、神々しいマルティと呼ばれているそうですね。ですが、私たちの人間の世界では、おとぎ話の王子でさえも……分け前を求めるものです。それはそれで正当なものなのです。何億という金が動くのですから。
エミリア　この子は、もうお金を分けることを考えている！〔窓に近寄り、外を見る〕
グレゴル　どうして、私を子供扱いするのです？　遺産の半分を差し上げましょう、もしあなたが――マルティさん！
エミリア　何？
グレゴル　なぜだ、あなたの近くにいると子供のように感じる。
〔間〕

エミリア　〔振り返る〕名前は？
グレゴル　え？
エミリア　あんたの名前は？
グレゴル　グレゴル。
エミリア　え？
グレゴル　マック＝グレゴル。
エミリア　洗礼名のこと、馬鹿！
グレゴル　アルベルト。
エミリア　母親からはベルチークって呼ばれているでしょ？
グレゴル　ええ。ですが、私の母はもう亡くなりました。
エミリア　ふん、皆、死ぬのよ。
〔間〕
グレゴル　どういう……どういう人だったんです……エリアン・マック＝グレガー

は？

エミリア　ようやくね！　あの人の質問が出てくるのは！

グレゴル　何かご存じですか？　何者だったんです？

エミリア　偉大な歌手。

グレゴル　美人だった？

エミリア　そうね。

グレゴル　愛していましたか……私の高祖父を？

エミリア　そうね。たぶん。あの人なりに。

グレゴル　亡くなったのはいつ？

エミリア　……知らない。もういいでしょ、ベルチーク。また今度に。

〔間〕

グレゴル　〔彼女に近づく〕エミリー！

エミリア　私は、あんたのエミリーではないの。

グレゴル　では、私は何なんです？　私をからかうのはおやめください！　私を蔑まないでください！　一瞬でかまわない、私との関係は忘れてほしい。あなたは美しい女性で……人を魅了してしまう。ええ、お伝えしたいのです……あなたを見てすぐに……いえ、私のことを笑わないで！　あなたは浮世離れしている。

エミリア　笑ってないわ、ベルチーク。馬鹿なことはしないで。

グレゴル　私は馬鹿者です。こんな馬鹿者になったのは初めてです。あなたは人を興奮させる。戦時の警報のようだ。血が流れるのを見たことがありますか？　それは人間を駆り立てる、狂気へと。あなたの姿を見た瞬間から、同じものを感じているのです。あなたは、途方もなく野生的なものを秘めている。いろいろなことを体験されたのでしょう？　あなたに命を奪われた者がいないのが不思議でならない。

エミリア　やめて！

グレゴル　最後まで話させてください！　あなたは私に無礼な態度を取った。それで、私は理性を失った。あなたがここに入ってきただけで、私の息がつまってしまった……まるで炉のなかにいるようだ。一体どういうことだろう？　人間は何かを直感すると、動物のように飛び上がる。よく分からないが、何か恐ろしいものをあなたは呼び起こしている。そう言われたことはありませんか？　エミリー、自分がどれほど美しいかご存じでしょう！

エミリア　〔疲れた様子で〕美しい？　そんなことは言わないで！　いい！

グレゴル　ああ、何をなさってるんです？　何という表情をなさっているんです？〔後ろに下がる〕エミリー、やめてください！　今度は……老け込んでいるように見えます！　恐ろしい！

エミリア　〔静かに〕ほらね。向こうにお行き、ベルチーク、私にかまわないで！

〔間〕

グレゴル　お許しを、私は……自分で何をしているのか分からないのです。〔坐る〕私はおかしいでしょう？

エミリア　ベルチーク、私は老けて見える？

グレゴル　〔相手を見ずに〕いいえ、あなたは美しい。狂おしいほどに美しい。
エミリア　いい、あんたが私に与えられるものがあるとしたら、何だと思う？
グレゴル　〔頭を上げる〕何ですって？
エミリア　言ったでしょ……私が欲しいものは何だと思う？
グレゴル　すべてはあなたのものです。
エミリア　ねえ、ベルチーク、ギリシア語はできる？
グレゴル　いいえ。
エミリア　ほら、あんたには価値のないもの。ギリシア語の手紙を持ってきて。
グレゴル　何です？
エミリア　フェルディがもらったものよ、分かる、グレゴル、あんたの曽祖父よ。ペピ・プルスから。あれはね……記念の品なの。それをちょうだい？
グレゴル　そんなもの、見覚えがない。
エミリア　まさかそんなわけない、あるはず！　フェルディに渡すって、ペピは約束した！　ったく、アルベルト、あるって言って！

グレゴル　ありません。
エミリア　〔激しく立ち上がる〕何だって？　嘘つき！　あるはず、でしょ？
グレゴル　〔立ち上がる〕ありません。
エミリア　愚か者！　それが欲しいの！　必要なの、聞いてる？　見つけるのよ！
グレゴル　どこにあるんです？
エミリア　私が知るわけないでしょう？　探すのよ！　持ってきなさい！　ここに来たのは、そのためなのだから――ベルチーク！
グレゴル　ええ。
エミリア　どこにあるの？　もう、少しは頭を使って！
グレゴル　プルスのところでは？
エミリア　なら、奪ってくるの！　助けて――私を助けて――
〔電話の呼び出し音〕
グレゴル　失礼。

〔電話機に近づく〕

エミリア　〔安楽椅子に坐り込み〕まったく、探すの、探すのよ！

グレゴル　〔受話器に〕もしもし！　こちらは、コレナティー弁護士事務所。――いませんか。――伝言でも？　私はグレゴルです。――その件ですか。――ええ。――ええ。分かりました。丁寧にありがとうございます。――〔受話器を置く〕終わった。

エミリア　何が？

グレゴル　グレゴル＝プルス裁判が。最高裁は判決を言い渡した。まだ、内々の知らせですが。

エミリア　それで？

グレゴル　負けです。

〔間〕

エミリア　あの間抜けの弁護士は、引き延ばすこともできなかったの？

〔グレゴルは黙って肩をすくめる〕

まだ控訴できるんでしょ、ねえ？

グレゴル　分かりません。多分無理です。

エミリア　馬鹿げている。

〔間〕

いい。ベルチーク。私があんたの借金肩代わりしてあげる、いい？

グレゴル　どうしてあなたが？　それは望みません。

エミリア　お黙り！　私が支払う、以上。その代わり、あんたはあの手紙を探すの。

グレゴル　エミリー――

エミリア　車を呼んで――

〔コレナティー弁護士が足早に入ってくる。プルスが続く〕

コレナティー　あったぞ！　あった！〔エミリアの前に跪《ひざまず》く〕ご婦人、誠に申し訳ありません。私は愚かな老いぼれです。あなたはすべてお見通しでした。

プルス　〔グレゴルに手を差し出す〕素晴らしい遺言書だ、お祝いしよう！

グレゴル　どうして。裁判に勝ったのはあなたでしょう？

プルス　でも、返還請求はされるのでしょう？

グレゴル　何？

コレナティー　〔立ち上がる〕もちろんですよ、君！　この件の返還請求を申請しましょう。

エミリア　あったの？

コレナティー　そうです。遺言書、手紙、それから……。

プルス　先に私を紹介してくれ。

コレナティー　ああ、失礼。マルティさん、こちらがプルス氏、私たちの憎きライバルです。

エミリア　初めまして。その手紙はどこにあるの？

コレナティー　何の手紙？

エミリア　エリアンの手紙。

プルス　まだ私の手元に。グレゴル氏は心配なさらなくて結構。

エミリア　渡すの？

プルス　相続することになれば、もちろん。形見ですね……何代か上のおばあさまの。

エミリア　いい、ベルチーク――

プルス　おや、あなた方はお知り合いなんですね。そのようにお見受けしました。

グレゴル　いえ、マルティさんとは先ほど知り合ったばかりで――

エミリア　黙って！　ベルチーク、その手紙は私に返すでしょ、ね？

プルス　返す？　以前はあなたのものだった？

エミリア　いいえ。でも、ベルチークは私にくれるって。

プルス　私はあなたの発見に大変感謝しています。ようやく我が家に何があるか分かりましたから。お礼に、美しい花束でもいかがでしょうか。
エミリア　みみっちいわね。ベルチークはそれ以上のものをくれるわよ。
プルス　花で覆い尽くした馬車、ですか？
エミリア　いえ、何百万だか。
プルス　受け取ったのですか？
エミリア　まさか。
プルス　結構。事前に受け取ることはできませんから。
エミリア　まだ問題があるの？
プルス　ええ、まあ、些細《ささい》なことが。息子フェルディナントが明らかにフェルディナント・グレゴルであることを示す書類とか。じつに弁護士というのは重箱の隅を突《つつ》きたがるんです。
エミリア　何か……書面のようなもの？
プルス　少なくとも。

エミリア　結構。明朝、こちらにお送りします。
コレナティー　何ですって、お持ちなのですか？　なんてことだ！
エミリア　〔無愛想に〕不思議なことでも？
コレナティー　私はもう何事にも動じません。グレゴル、先ほどの二七六一番に、電話をかけて。
グレゴル　アベレス弁護士に？　どうして？
コレナティー　というのも、私には――まあ、様子を見よう。
プルス　マルティさん、私の花束を選んだほうがいいですよ。
エミリア　どうして？
プルス　信頼できるのは、私のほうですから。

幕

第二幕

〔大きな劇場の舞台、舞台上には誰もおらず、昨日の公演を終え、やや雑然としている。小道具、丸められた背景幕、照明器具、劇場の裏側がすっかりむき出しになっている。中央には舞台大道具用の玉座がある〕

清掃婦　ほんとに華やかだねえ、あの花束見た？

舞台美術係　見てない。

清掃婦　あんなに華やかな人は、これまで一度も見たことないよ。みんな、声を振り絞っていたしね、この劇場が崩れるんじゃないかって思ったくらい。さすがのマルティだよ、少なくとも、五十回はカーテンコールに応えていたね。あまりに拍手が鳴りやまなくて。みんな熱狂してたからね。

舞台美術係　なあ、そういう女なら稼ぎも相当なもんだろ!

清掃婦　そりゃ、もう!　そう思うわ、クドルナさん。だって、あの花代だけでも考えてごらんよ。いい、あそこにまだ山になって残ってる。全部持っていけなかったのね。

舞台美術係　上演中、舞台裏からちょっくら覗きに来たんだけど。そしたら、もう、あの人が歌っているあいだ、観客は身震いしてるんだ。

清掃婦　あんたには教えてあげるけどね、私は心の底から涙を流したね。聴いてるうちに、頰を伝うものがあるのさ。この私が泣いてるんだよ。

〔プルスが入ってくる〕

何かお探しで?

プルス　マルティ嬢は、こちらでは?　ホテルの連中に訊いたら、劇場に出かけたと。

清掃婦　支配人のところですよ。でも、もうすぐ来るはずです、クロークに上着を預けていますから。
プルス　分かった、ここで待とう。

〔脇によける〕

清掃婦　これで五人目。町医者みたいに、みんな、あの人を待っている。
舞台美術係　そんな女に男はいるのかね。
清掃婦　いる。クドルナさん、絶対いるって。
舞台美術係　ちきしょう！
清掃婦　何？　何をじろじろ見てんの？
舞台美術係　俺も取り憑かれちまった。〔立ち去る〕
清掃婦　いい、あんたにはぜったい無理だから。〔反対側から立ち去る〕
クリスティナ　〔入ってくる〕ヤネク、こっちに来て！　ヤネク！　こっちは誰もいないから。

ヤネク　〔続いて入ってくる〕追い出されないかな？

クリスティナ　大丈夫、今日は練習ないから。ああ、ヤネク、私はとっても幸せ！

ヤネク　どうして？〔彼女に口づけしようとする〕

クリスティナ　だめ、ヤネク、キスはだめ。もういいでしょ。私はね——他のことで頭がいっぱい。あなたのことを考える余裕がないの。

ヤネク　でも、クリスタ！

クリスティナ　落ちついて、ヤネク！　目標にたどり着くには——何かを変えないとダメなの、ほんとに。ヤネク、一つのことに集中していれば、人間は誰だってうまくいくでしょ？

ヤネク　ああ。

クリスティナ　ほらね。だから、私は芸術のことだけを考える。ねえ、マルティってとてつもないでしょ？

ヤネク　ああ、でも——

クリスティナ　あなたは分かっていない。あれはとてつもないテクニックなの。私は一晩中寝付けなかった。劇場に行くべきかやめるべきか、寝返りを打ちながら思い悩んだの——ああ、せめてもう少しうまくできたら！

ヤネク　できてるじゃないか！

クリスティナ　そう思う？　このまま歌を続けたほうがいい？　でも、他のことは全部諦めないといけない、そうでしょ？　そして、舞台だけを続ける。

ヤネク　でも、クリスタ！　一日に一瞬でいい……一日に二回でいいから、ぼくと……

クリスティナ　〔玉座に坐る〕そういうのは一瞬とは言わない。ほんとひどい、いい、ヤネク。私はあなたのことを一日中考えている。でも、あなたはひどい人！　あなたのことをずっと考えていたら、そのあと、何ができる？

ヤネク　クリスタ、ねえ、いいかい、ぼくは——君以外のことは何も考えられないんだ。

クリスティナ　そんなことはない。あなたは歌も歌わないし——いい、ヤネク、私は決心したの。反対しないで。

ヤネク　だめ、そんなのだめだ！　認めない！　ぼくは――

クリスティナ　お願い、ヤネク、これ以上負担をかけないで！　ねえ、いい。私は何かを始めないといけないの、本気で。あなたのせいで、貧しい、名もない女になりたくないの――私の声はまだ発展途上なの。あまり多く、話してはだめ。

ヤネク　じゃあ、ぼくが一人で話す！

クリスティナ　いえ、待って。もう決心したの。私たちの関係は終わり、ヤネク。完全におしまい。会うのは、一日一回だけにしましょう。

ヤネク　でも――

クリスティナ　日中、私たちは他人になる。私は真剣に打ち込まないといけないの、ヤネク。歌って、考え、学ぶ、これだけ。いい、私はあの人のようになりたいの。ねえ、ここ空《あ》いてる、私の隣。今は誰もいない。ねえ、あの人には好きな人がいると思う？

ヤネク　〔玉座のクリスティナの隣に坐る〕誰のこと？

クリスティナ　あの人、マルティ。

ヤネク　マルティ？　もちろん。

クリスティナ　本当にそう思う？　よく理解できないの。あれほど偉大で有名な人が本気で人を愛することってあるのか……女が人を好きになる、それがどういうことか、あなたは分かってない。恋って自尊心を捨てることなの――

ヤネク　まったく理解できない！

クリスティナ　そう、本当に分かってない。誰かを愛したら、自分のことなど顧みず、召使いのように愛する人を追いかけるはず……自分を捨て、相手と一緒になって……私だったら、自分の頬を平手打ちしないとだめかも！

ヤネク　でも――

クリスティナ　それで、誰もがマルティの虜《とりこ》になる。でも、あの人にとってはどうでもいい。あの人の姿を目にするだけで、誰もがそうなる、本当。

ヤネク　そんなことはない！

クリスティナ　あなたもそうなるんじゃないかって心配――

ヤネク　クリスティナ！〔そっと彼女に口づけする〕

クリスティナ　〔身を委ねる〕だめ、ヤネク！　誰かに見られたら、どうするの！

プルス　〔元いた場所から少し離れる〕私は見ていないよ！

ヤネク　〔飛び下りる〕父さん！

プルス　慌てて逃げなくてもいいじゃないか。〔近づく〕クリスティナさん、お会いできて嬉しいですよ。あいにく、あなたのことを以前から知っていたわけではありませんが。この子が早く教えてくれればよかったのに！

クリスティナ　〔玉座から降り、ヤネクをかばう〕すみません、プルスさんが来たのは、ただ――ただ――

プルス　どのプルスさんだね？

クリスティナ　こちらの、え――、え――

プルス　こいつはただのヤネク、プルスさんなんかじゃない。付き合ってどのくらいかね？

クリスティナ　もう一年ほど。

プルス　そうか！　奴のことはあまりまともに相手をしないほうがいい、私はこいつをよく知っている。おい、若造——邪魔する気はないが。でも、ここはあまり——ふさわしい場所ではないだろう？

ヤネク　父さん、ぼくを困惑させたい魂胆だとしたら——それは間違っている。

プルス　結構。男は何があっても困惑してはならない。

ヤネク　父さんに尾行されているとは思いもしなかった。

プルス　そうだ、ヤネク！　一歩も引くな！

ヤネク　真剣に話しています。口出ししてもらいたくないことがあるのです——

プルス　まさにその通り、友よ。手を出して。

ヤネク　〔急に子供のように不安に駆られ、手を隠す〕いや、父さん、お願い——

プルス　〔手を出す〕さあ、なあ——？

ヤネク　父さん！〔おずおずと手を出す〕

プルス　〔手を握る〕いいか？　友好と親愛の証だ。

ヤネク　〔顔をゆがめ、握り返そうとするが、しまいには痛さのあまり声を張り上げ、体をねじる〕ああ！

プルス　〔手を放す〕英雄だ、よく耐えたな。
クリスティナ　〔目に涙を浮かべながら〕何て残酷なの！
プルス　〔彼女の手を優しく取る〕この黄金の手が奴の隣にあれば、すべてを償ってくれる。
ヴィーテク　〔小走りに近寄る〕クリスタ！　クリスティンカ！　ああ、ここにいたのか。〔面食らった様子で〕プルスさん？
プルス　これ以上、邪魔はしないでおこう。〔脇によける〕
クリスティナ　父さん、何を手にしているの？
ヴィーテク　お前が新聞に載っている、クリスタ！　お前の記事が新聞に出ているんだ！　しかも、マルティの評価と一緒にだ！　いいか、マルティの隣だ。
クリスティナ　見せて！
ヴィーテク　〔新聞を広げる〕ここだ。「何某の役で初めて歌ったのはヴィートコヴァー（クリスティナの姓。チェコ語の女性の姓は、男性の名前に「オヴァー」をつける）」。――とてもいいだろ、な？
クリスティナ　こっちは？

ヴィーテク　別の新聞だ、こっちには何もない。載っているのは、マルティ、マルティ、マルティのことばかり。まるでこの世にマルティしかいないかのようだ。
クリスティナ　〔幸せそうに〕ねえ、ヤネク、私の名前がここに載っているの！
ヴィーテク　クリスタ、こちらは？
クリスティナ　プルスさん。
ヤネク　ヤネクです。
ヴィーテク　どこで知り合ったんだ？
ヤネク　すいません、娘さんとは――
ヴィーテク　待て、うちの娘に訊く。行くぞ、クリスタ！
エミリア　〔入ってくる。舞台裏に向かって〕皆さん、ありがとう。では、失礼。〔プルスを見る〕まだ、いたの？
プルス　まさか、マルティさん。お祝いの言葉を伝えに来たのではありません。別件で。
エミリア　昨日、劇場に来た？

プルス　もちろん。
エミリア　だからね。〔玉座に坐る〕誰もここに通さないで。そういう輩《やから》はもうたくさん。〔ヤネクを見る〕あなたの息子？
プルス　ええ。こっちにおいで、ヤネク。
エミリア　さあ、こっちに、ヤネク、顔を見せて。昨日、劇場にいた？
ヤネク　ええ。
エミリア　私のこと、気に入った？
ヤネク　ええ。
エミリア　あなたの息子は鈍いわね。
プルス　お恥ずかしいかぎりで。〔グレゴルが花束を抱えて入ってくる〕
エミリア　ああ、ベルチーク！　それをちょうだい！
グレゴル　昨晩の公演を祝して。〔花束を手渡す〕
エミリア　見せて！〔花束を受け取り、そこから小箱を取り出す〕これは返すわ。〔小箱を返す〕わざわざ来てくれたのね。花束ありがとう。〔匂いを嗅いでから、花束の山に放り投げる〕私のこと、気に入った？
グレゴル　いいえ。あなたの歌は苦痛をもたらします。あまりにも完璧だからです。それに――
エミリア　それに？
グレゴル　それに、あなたは退屈している。あなたがしていることはどこか人間離れしていて、眩暈《めまい》を覚えるほど。けれども――あなたは、とてつもなく退屈している。まるで体が凍りついたかのように。
エミリア　そう感じたの？　ふふ、少しは当たっているかしら。あんたの無能な弁護士に、書類を送っておいたから。エリアンの書類を。訴訟はどう？
グレゴル　知りません。もう、気にしていません。
エミリア　くだらない宝石でも買ったんでしょ、このお馬鹿さん？　すぐに返してらっしゃい！　どうやって工面したの？
グレゴル　あなたに何の関係が？
エミリア　借金した、図星でしょ？　午前中ずっと、高利貸しをたずね歩いていたんでしょ？〔ハンドバッグの中をまさぐり、札束を取り出す〕ほら、持っていって！　さあ、早く！

グレゴル　〔あとずさりする〕どうして、私にお金を渡すんです？　どういうつもりです！

エミリア　いい、これを受け取りなさい、そうしないと、あんたの耳を引っ張るから！

グレゴル　〔カッとなって〕ぜひ、そうしてもらいたい！

エミリア　見て、この人ったら私に指示を出してるわ！　ベルチーク、そう怒らないで！　私が借金の拵《こしら》え方を教えてあげるから！　さあ、受け取ってくれる？

プルス　〔グレゴルに〕早く受け取れ！

グレゴル　〔お金をマルティからもぎ取る〕変わった気性の持ち主だ。〔ヴィーテクにお金を渡す〕事務所に預けておいてくれ。マルティさんがお預けだ。

ヴィーテク　かしこまりました。

エミリア　ねえ！　これは、あの人のお金、分かった？

ヴィーテク　かしこまりました。

エミリア　あなたも劇場にいたの？　私、どうだった？

ヴィーテク　それは、もう！　まるでストラーダ（十八世紀、イタリアの歌手）のようでした！

エミリア　あんた、ストラーダの歌、聞いたことあるの？　ストラーダなんて、ピーピー言ってるだけ。あんなの声なんて代物じゃない。

ヴィーテク　でも、ストラーダが亡くなったのは百年も前でしょう！

エミリア　お気の毒さま！　あの人の声を聴いておくべきだったわね。ストラーダ！　もう、ストラーダと何の関係があるの？

ヴィーテク　無礼をお許しください、私は――もちろん、聞いたことはありません。でも、歴史によれば――

エミリア　いい、歴史は嘘をつくもの。教えてあげる。ストラーダはピーピー言ってるだけ、コロナ（十八世紀、ドイツの歌手）は喉に団子が詰まってた。アギアリ（十八世紀、イタリアの歌手）はガチョウで、ファウスティーナ（十七世紀、イタリアの歌手）はふいごみたいな息継ぎをしてた。これが歴史。

ヴィーテク　失礼しました……この分野……音楽は門外漢でして……

プルス　〔笑みを浮かべて〕ヴィーテク氏には、フランス革命のことを話すがいい。

エミリア　何について？

プルス　フランス革命。彼の趣味ですから。

エミリア　どういう関係が？

プルス　分かりません。例えば、マラーのことでもお話しになっては――

ヴィーテク　いえいえ！　何にもなりませんから！

エミリア　マラー？　たしか議員をしていて、手によく汗をかいていた人？

ヴィーテク　まさか！

エミリア　思い出した。カエルみたいな手をしてた、悪寒がする！

ヴィーテク　違います、それは間違いです！　そんなこと、どこにも書いてません！　無礼をお許しください――

エミリア　でも、私は知っている、でしょ？　天然痘に罹《かか》った、背の高いのは何て名前だったかしら？

ヴィーテク　どの人です？
エミリア　首を刎《は》ねられた人。
ヴィーテク　ダントン？
エミリア　そう。そいつは、もっとひどかった。
プルス　どうして？
エミリア　虫歯だらけでね。胸糞悪い奴だった。
ヴィーテク　〔興奮して〕そういう言い方はおやめ下さい！　そんなのは歴史ではありません！　ダントン……ダントンは虫歯じゃない。そんなこと、証明できない！　仮にそうだったとしても、どうでもいい話じゃないか。まったく関係ない！
エミリア　どうして、どうでもいいの？　だって、胸糞悪い奴よ。
ヴィーテク　いいえ、私は認めません！　ダントン――どうか、お許しを、こんな言い草はありえません！　そうなったら、歴史から偉大なものがなくなってしまう！

エミリア　偉大なものなんて何もない。
ヴィーテク　何ですって？
エミリア　昔から偉大なものなんて、何もない。私は知っている。
ヴィーテク　ですが、ダントンは――
エミリア　ほらね。この人は私と言い争いたいみたいね。
プルス　何と不作法な。
エミリア　いいえ、愚かなだけ。
グレゴル　人を呼んで、もっと罵ってもらいましょうか？
エミリア　それには及ばない。勝手にやってくるから。四つん這いでね。
クリスティナ　ヤネク、もう行きましょう！
エミリア　〔欠伸《あくび》をする〕なんて仲のいいこと、あの二人は？　もう楽園にも行ったかしら？
ヴィーテク　何ですって？
エミリア　もう関係したかって。

ヴィーテク　まさか、ありえない！

エミリア　そんなこと、どうだっていいじゃない！　あなたはそういうこと望んでないの？

ヴィーテク　クリスタ、そんなはずないよな？

クリスティナ　父さん——どうしてそんなこと——

エミリア　さあ、お黙り、お馬鹿さん。まだだったとしても、これからそうなるのよ。大したことないんだから、いい？

プルス　では、何が大したことなんです？

エミリア　何も。大したことなんて、何もない。

ハウク＝シェンドルフ〔花束を抱えて入ってくる〕お邪魔します——

エミリア　今度は、誰？

ハウク　ああ、親愛なるお方、無礼をお許しください——〔玉座の前に跪く〕親愛なるお方、ぜひ知っていただきたいのです……あなたに……ぜひとも……〔啜り泣く〕どうか……お許しを……

エミリア　何事？

ハウク　あなたは……あなたは……あの人に……あの人に……そっくりだ……ああ！

エミリア　誰のこと？

ハウク　エ、エウヘニア！　エウヘニア……モンテスです！

エミリア　〔立ち上がる〕何ですって？

ハウク　エウヘニア！　私は……あの人を……よく知っている……ああ、あれは……五十年も前のこと！

エミリア　このじいさんは何者？

プルス　ハウク＝シェンドルフです。

エミリア　マックス？〔玉座から降りる〕何てこと、さあ、立って！

ハウク　〔立ち上がる〕あなたを……あなたを……エウヘニアと呼んでもかまわないでしょうか？

エミリア　好きな名前で呼んでいいわ。私、その人に似ているの？

ハウク　似てる？　親愛なるお方、昨日……昨日、劇場で拝見して……あの人……あの人だと思いました！　あのエウヘニアだ！　……ぜひ、知っていただきたい！　……声も……目も……それほど美しかった！　……ああ、それに額も……

〔突然、驚いて〕あなたのほうが背が高い。

エミリア　背が高い？　そんなことはないはず。

ハウク　少しだけ。失礼、エウヘニアは近づいてきたのです……私の傍に。そして彼女の額に口づけをした。

エミリア　他の場所にはしなかったの？

ハウク　え……何ですって？　あなたは……頭からつま先まで彼女にそっくりだ！　親愛なるあなた、花束を受け取っていただけますか？

エミリア　〔花束を受け取る〕ありがとう。

ハウク　私の目の保養に！

エミリア　まあ、坐って、愛しい人！　ベルチーク、椅子を！〔玉座に深々と坐る〕

ヤネク　お持ちします。〔椅子を取りに行く〕

クリスティナ　そっちじゃない！〔あとを追いかける〕
プルス　〔ハウクに〕伯爵《シェール・コント》――
ハウク　ああ、プルスさんではないか！　無礼をお許しください……あなたの姿が目に入らなかったもので。これは嬉しいですなあ！　で、具合は？
プルス　具合？
ハウク　あなたの裁判は？　例の奴は厄介払いできましたか？
プルス　まさか！　グレゴル、こちらを紹介しよう……
ハウク　グレゴル氏？　初めまして。ご機嫌は？
グレゴル　ありがとうございます。〔ヤネクとクリスティナが椅子を運んでくる〕
エミリア　ねえ、あんたたち、何を喧嘩してるの？
ヤネク　いえ、別に……
エミリア　マックス、坐って。
ハウク　ご丁寧にどうも。〔坐る〕
エミリア　あなたたちも坐って。ベルチークは、私の膝の上に坐ってもいいわ。

グレゴル　それには及びません。

エミリア　嫌なら、立ってなさい。

ハウク　美しく神々しいあなた、膝の上に坐るのだけはお許しください。

エミリア　どうして？

ハウク　私は、頭の狂った老いぼれです。だいぶ前に亡くなった女性のことなど、関心はないでしょう？

エミリア　亡くなったの？

ハウク　ええ。

エミリア　残念。

ハウク　亡くなって五十年になります。私はあの人を愛していました。五十年も前のことですが。

エミリア　そう。

ハウク　皆、「ヒターナ」と呼んでいました。ジプシー娘という意味です。彼女はジプシーでした。「黒い愛しい人《ラ・チューラ・ネグラ》」と呼ばれていた。下のほう、そう、アンダルシアでは。当時、マドリードの大使館にいましてね。五十年も前のことです。一八――七〇年。

エミリア　そう。

ハウク　彼女は市場から市場へ歌ったり踊ったりして移動していたんですよ。立て《アルサ》！　波よ《オラ》！　世界中が彼女に首ったけでした！　さあ《バヤ》、ジプシー娘《ヒターナ》！　そしてカスタネット……そう、あの頃の私はまだ若くて……彼女、彼女はと言えば……

エミリア　……ジプシー。

ハウク　そう、その通り、ジプシー。炎そのもの。あれは、忘れられない、忘れることはできない……あのあと、立ち直れないのですよ、信じられます？　その後の人生、私はもぬけの殻になってしまいました。

エミリア　ああ！

ハウク　私は愚か者だったんです。愚か者のハウクです。私は……何と言ったらいいか……

グレゴル　おつむが弱い。

ハウク　その通り、おつむが弱い。すべてを彼女の許に置いてきました、いいですか？　そのあと、生きた感じはしなかった、うたた寝を続けてるようなもの……ああ《バヤ》、お前《ケリーダ》！　可愛い子《サレーロ》！　何てことだ《ミ・ディオス》、あなたは彼女にそっくりだ！　エウヘニア！　エウヘニア！〔泣き出す〕

プルス　ハウク、潮時かと。

ハウク　そう、そう……お許しを……そろそろおいとまを、ですね？

エミリア　さようなら、マックス。

ハウク　その通り。私は……また来ます、ですよね？〔立ち上がる〕失礼ですが、敬意を込めて挨拶させていただけますか。あなたを見ていると、どうしても——

エミリア　〔身を寄せて〕キスして！

ハウク　どのように？

エミリア　キスして《ベサメ》、お馬鹿なお人よし《ボボ・ボバソ》！

ハウク　ああ《ヘスス》、千回《ミル・ベセス》、エウヘニア！

エミリア　けだもの《アニマル》、口づけを《ウン・ベシート》！

ハウク　〔彼女に口づけをする〕エウヘニア、黒い娘《モサ・ネグラ》――娘よ《ニーニャ》――お前《ケリーダ》――――愛しいお前《カリーシマ》――

エミリア　シーッ《チーテ》、お馬鹿さん《トント》！　やめて《キータ》！　あっちへ行って《フエラ》！

ハウク　彼女だ《エス・エリャ》、彼女だ《エス・エリャ》！　悪魔のジプシー娘《ヒターナ・エンディアブラーダ》、一緒に行こう《ベン・コンミーゴ》、早く《プロント》！

エミリア　私は違う《ヨ・ノ・ロ・ソイ》、馬鹿《ロコ》！　さあ《アオラ》、黙って《カリャテ》！　さあさあ《バヤ》！　また明日《アスタ・マニャーナ》、分かった《エンティエンデス》？

ハウク　来るさ《ベンドレ》、来るさ《ベンドレ》、私の愛しい人《ミス・アモーレス》！

エミリア　さあ《バヤ》！

ハウク　〔後ろに下がる〕ああ《アイ》、お願い《ポル・ディオス》！　何ということ《シエロ・デ・ミ》、それは彼女《エス・エリャ》！　そう《シー》、それは彼女《エス・エリャ》！　エウヘニア！

エミリア　もう《カランバ》、行って《バヤ》！　あっちへ《フエラ》！

ハウク　〔下がって〕また来るよ《ベンドレ》！　イエスよ《イホ・デ・ディオス》、まさに彼女だ《エラ・ミスマ》！〔立ち去る〕

エミリア　はい、次。私に用があるのは、誰？

ヴィーテク　お許しを。ぜひ、サインをお願いしたいのです、私に……それからクリスティンカにも……あなたのお写真にお願いできますか。
エミリア　くだらない。でも、クリスティンカには書いてあげる。ペンを！〔サインする〕では、さようなら。
ヴィーテク　〔お辞儀をする〕心よりお礼申し上げます！〔クリスティナと共に立ち去る〕
エミリア　次！　もういないの？
グレゴル　あなたが一人になるまで待ちます。
エミリア　また別の機会にして。誰もいない？　――じゃあ、行くわ。
プルス　失礼、少しだけお時間を。
エミリア　何か用？
プルス　ええ。
エミリア　〔欠伸をする〕そう。早く言って！
プルス　あなたにお尋ねしたかったのです――ヨゼフ・プルスのことを何かご存じ

ですよね？

エミリア　かもしれない。

プルス　それなら、ひょっとして別の人物もご存じかもしれません。

エミリア　誰のこと？

プルス　例えば、マクロプロスとか。

エミリア　〔びくりとして立ち上がる〕何？

プルス　〔立ち上がる〕マクロプロスという名前をあなたはご存じですか？

エミリア　〔冷静さを装いながら〕私が？　――覚えがない……初めて聞いたわ……さあ、みんな、出ていって！　出て！　私を一人にして！

プルス　〔お辞儀をする〕大変残念です――

エミリア　あなたはいいの！　ここにいて！　ヤネクはまたぼうっとしてるの？　あなたは下がって！

〔ヤネクは立ち去る〕

〔グレゴルに〕で、何の用?

グレゴル　お話があるんです。

エミリア　今は、時間がないわ。

グレゴル　お話があるんです。

エミリア　お願い、ベルチーク、私のことは放っておいて!　さあ、もう行って、さあ!　またあとで来て!

グレゴル　では、後ほど。〔プルスに対してよそよそしいお辞儀をし、立ち去る〕

エミリア　ようやく!〔間〕

プルス　失礼。あの名前を聞いて、あなたがあれほど驚かれるとは思ってもいませんでした。

エミリア　マクロプロスのことは、何を知っているの?

プルス　それは、逆に私がお尋ねしたいところです。

エミリア　マクロプロスのことは、何を知っているの?

プルス　まあ、お坐りになって。少しお時間を頂くことになるかと。〔二人は坐る。

沈黙〕その前にまず、一つ――私的な質問をしたいのですが。とても私的なお訊ねを。

〔エミリアは何も言わずに頷く〕

あなたは……グレゴルに対して、特別な感情をお持ちでしょうか？

エミリア　いいえ。

プルス　ただ勝ってほしいと思っているだけ？

エミリア　そうでもないわ。

プルス　ありがとうございます。私の屋敷にある鍵のかかった棚の中身を、なぜあなたがご存じなのか、問いただそうとは思いません。それは、むしろ、あなたご自身の秘密でしょうから。

エミリア　ええ。

プルス　結構です。あなたは手紙の所在をご存じでした。プルスの遺言書についても同じ……しかも封印さえしてあるというのに！　ところで、ご存じでしたか

――他のものがあることも？

エミリア　〔興奮して立ち上がる〕何？　何か見つけたの？　ねえ、何だったの？

プルス　分かりません。私自身、お尋ねしたいところです。

エミリア　何か知っているの？

プルス　あなたはご存じなのですか？

エミリア　あなたはまだ何も言ってないじゃない……

プルス　てっきり、コレナティーから聞いたかと……もしくは、グレゴルから。

エミリア　一言もなかった。

プルス　いいえ、単なる封印された封書で、ヨゼフ・プルスの直筆で「我が息子フェルディナントに手渡すこと」と記されているだけ。それだけです。あの遺言書と一緒になっていました。

エミリア　中身は開けなかったの？

プルス　ええ、私のものではありませんから。

エミリア　なら、私に渡して！

プルス　〔立ち上がる〕どうして？　なぜ、あなたに？
エミリア　欲しいから！　だって――だって――
プルス　何です？
エミリア　だって、私には権利があるから！
プルス　どういう権利か、教えていただけますか？
エミリア　だめ。〔坐る〕
プルス　そうですか。〔坐る〕どうやら……あなたには何か秘密があるようですね。
エミリア　もちろん。手紙を私にくれる？
プルス　いいえ。
エミリア　結構、ならベルチークに渡してもらう。いずれにしても彼のものでしょうから。
プルス　確かに。中身は何か教えていただけますか？
エミリア　いいえ。〔間〕あなたは何をご存じ……そのマクロプロスとやらについて？

プルス　失礼。あなたは、エリアン・マック＝グレガーという女性については何をご存じで？

エミリア　その人の手紙を持っているでしょ。

プルス　あなたこそ、よくご存じでしょう。何かご存じですか……あの尻軽女のことを？

エミリア　〔飛び上がる〕失礼ね！

プルス　〔立ち上がる〕まあまあ――

エミリア　生意気ね！　よくもそんな口を利けるわね！

プルス　どうしたんです？　いかがわしい女のことが、どうして気になるんです？……百年も前の人間じゃないですか。

エミリア　ええ。別に。〔坐る〕つまり、尻軽女だったってわけ？

プルス　その女の手紙を読んだんですよ。とても情熱的なタイプですね、あの女は。

エミリア　読むべきじゃないわね。

プルス　暗示めいた箇所がいくつかありましてね……きわめて変わった内密な事柄

にこついてですが。私は若造ではありません、ですが、まあ……稀代の女たらしで
も……そちらの方の経験は、あの色好みの娘には負けるはず。
エミリア　娼婦って言いたいのでしょう。
プルス　そんな言葉では足りません。
エミリア　ねえ。その手紙を私にちょうだい！
プルス　ご関心をお持ちで……あだ事の詳細に？
エミリア　そうかもね。

〔間〕

プルス　私の関心は何か、検討がつきますか？
エミリア　何？
プルス　ベッドの上でのあなたの様子。
エミリア　まだ考えているの……あだ事を。
プルス　そうかもしれません。

エミリア　私にエリアンを重ねて見てる？

プルス　まさか。

〔間〕

エミリア　そう。あの人は色事に明け暮れ、享楽的だった。それのどこが悪いの？

プルス　本当の名前は？

エミリア　エリアン・マック＝グレガー。その手紙に書いてあるでしょ。

プルス　いえ、「E・M」とあるのみ。それだけです。

エミリア　もちろん、エリアン・マック＝グレガーのことでしょう。

プルス　いろいろ解釈できます。例えば、エミリア・マルティ、エウヘニア・モンテスとか、幾千もの名前が。

エミリア　あれは、エリアン・マック＝グレガー、スコットランド人。

プルス　いや、むしろ――エリナ・マクロプロス、クレタ島出身のギリシア人とか。

エミリア　真っ赤な嘘。

プルス　おや、ご存じだったのですか？

エミリア　〔激怒して〕放っておいて！

〔間〕

〔顔を上げる〕一体、どうして知ってるの？

プルス　単純なことです。遺言に言及があったのです……一八一六年十一月二十日、ロウコフ生まれのフェルディナントという人物について。それを昨日見つけました。そして今朝三時、寝巻き姿のロウコフの首席司祭に戸籍簿のところへ案内してもらったんです。気の毒に、わざわざ明かりを灯《とも》しにきてくれた。そこで、見つけたんです。

エミリア　何を見つけたの？

プルス　戸籍簿の記録を。これです。〔小さな手帳を取り出し、読む〕子の名《ノーメン・インファンティス》——フェルディナント・マクロプロス。誕生日《ディエス・ナティヴィタティス》——一八一六年十一月二十日。続柄——非嫡出子。父は空欄。母《マーテル》——エリナ・マクロプロス、クレタ島出身。以上。

エミリア　それだけ?

プルス　これだけです。ですが、これで十分でしょう。

エミリア　可哀想なグレゴル! これで、ロウコフはずっとあなたのものでしょ?

プルス　マクロプロスという人物さえ現れなければですが。

エミリア　封印された封書は?

プルス　その人物のためにしっかりと保管しています。

エミリア　マクロプロスという人物が名乗り出てこなかったら?

プルス　封印したままです。誰の手にも渡らない。

エミリア　でも名乗り出るでしょう、ね? そうしたら、あなたはロウコフを手放すことになる!

プルス　神が決めることです。

エミリア　どうして、あんたはそんなに馬鹿なの?〔間〕いい、私にその封書をちょうだい!

プルス　その話はおやめになっては。
エミリア　なら、マクロプロスが取りに来るだけ。
プルス　ふん、それは誰です？　どこにいるんです？　スーツケースの中？
エミリア　知りたい？　ベルチーク・グレゴルよ。
プルス　おやおや、またあいつですか？
エミリア　そう。エリナ・マクロプロスとエリアン・マック＝グレガーは同一人物。マック＝グレガーは彼女の芸名なの、分かる？
プルス　まったく。フェルディナント・グレゴルは彼女の息子？
エミリア　だから、そう言っているじゃない。
プルス　なら、どうしてマクロプロスと名乗らないのです？
エミリア　それは……それは、あの名前がこの世から消えるよう、エリアンが望んだから。
プルス　ふむ、この話はもうやめましょう。
エミリア　私の話を信じないの？

プルス　そうは言ってません。あなたがどうしてそのことを知っているのかも、お尋ねしていません。
エミリア　あら、私が隠しているとでも？　教えてあげる、プルス、でも、あなただけに留めてね。そのエリアン……エリナ・マクロプロスというのは……私の叔母よ。
プルス　あなたの叔母？
エミリア　そう、私の母の妹。これで全部分かったでしょ。
プルス　もちろん、それで合点がいきます。
エミリア　ほうら！
プルス　〔立ち上がる〕ただ、真実でないのが残念ですが、マルティさん。
エミリア　私が嘘を言っているとでも？
プルス　残念ながら。あなたの叔母の曽祖母とでも言っていたら、それらしく聞こえたでしょう。
エミリア　ああ、その通り。〔間。プルスに手を差し出す〕さようなら。

プルス　〔彼女の手に口づけをする〕称賛の言葉を述べるのはまた別の機会にしてよろしいでしょうか？

エミリア　ありがとう。〔プルスは立ち去る〕待って！　どういう見返りがあれば、封印された封書を渡してくれるの？

プルス　〔振り返る〕どういう事です？

エミリア　買ってあげる。手紙を全部、買い取る！　望みの額をあげるから！

プルス　〔彼女のほうに戻る〕失礼ですが、そのことについては交渉できかねます――あなたとは。別の者を送ってください。

エミリア　どうして？

プルス　そうすれば、ドアから追い出せますから。

〔軽くお辞儀して立ち去る。間。エミリアは目を閉じたまま微動だにしない。グレゴルが入ってくるが、何も言わずに立っている〕

エミリア　〔間を置いて〕あんた、ベルチーク？

グレゴル　どうして目を閉じているんです？　――何かにお悩みのようです。――どうしたんです？

エミリア　疲れたの。小声で話して。

グレゴル　〔彼女に近づく〕小声で？　言っておきますが、そうしたら、自分の言葉に責任が持てません。馬鹿げたことを言うかもしれませんから。聞いてますか、エミリー？　小声で話すなんて、無理です！　私はあなたを愛しています。夢中なんです。愛しています。お笑いではないのですね？　飛び上がって、平手打ちをするかと思いました。でも、ますます狂おしいほどあなたを愛してしまいます。あなたを愛しています。え、寝てるんですか？

エミリア　寒い、ベルチーク。凍えそう。あんたには風邪をひかせたくはないわ。

グレゴル　愛しています。でも、エミリー。あなたは私にそっけない態度をとる、それが私にとっては快楽になる。私に恥をかかせればかかせるほど、あなたの首を絞めたくなる。そうしたくなる――私は狂っている、エミリー。あなたを殺してしまいそうだ。あなたからは嫌悪すべきものがにじみ出ている。でも、それは快楽でもある。あなたは恐ろしくも、卑しい悪人だ。感情のない獣だ。

エミリア　そうじゃない、ベルチーク。

グレゴル　いいえ。あなたは何にも関心がない。ナイフのように冷たい。墓地から起き出してきたかのようだ。あなたを愛することは倒錯だ。でも、私はあなたを愛する。この体から肉を抉《えぐ》ってもいいほど、あなたを愛している。

エミリア　マクロプロスという名前はどう？　答えて。

グレゴル　やめてください！　これ以上弄ばないで！　もしあなたを手に入れることができたら、この命を捧げてもいい。私はあなたの意のままになります。たとえ望みが何であろうと、前代未聞のものであろうとも。あなたを愛しています。私は呪われた人間です、エミリー。

エミリア　なら、いい、あんたの弁護士のところに行くの。送ってもらった書類を戻してもらうの。

グレゴル　偽物だった？

エミリア　誓ってもいいけど、アルベルト、本物よ。でも、別のものが必要なの、マクロプロスという名前のもの。待って、説明するから、エリアンはね——

グレゴル　おやめください。もう十分、あなたの口車に乗せられました。

エミリア　いや、待って。あんたは裕福になるの、ベルチーク！　とてつもなく裕福に！

グレゴル　私のことを好きになってくれますか？

エミリア　もうやめて！　ベルチーク、あんたはギリシア語の手紙を持ってくるって約束した。今、プルスがそれを持っている、いい？　あんたはそれを相続して手に入れないといけないの！

グレゴル　私のことを好きになってくれますか？

エミリア　ありえない、いい？　ありえない！

グレゴル　〔坐る〕あなたを殺す、エミリー。

エミリア　くだらない。私が同じ言葉を口にしたら、おしまいになる、すべてがおしまい——いい、この人は私を殺そうとしている！　喉元の傷が見える？　他にも私の命を奪おうとした奴がいた。裸にならなくても、その傷は見えるでしょ！　私の命は、あんたたちに殺されるためにあるとでも言うの？

グレゴル　私はあなたを愛している。

エミリア　なら、死になさい、お馬鹿さん！　私には関係ない！　あんたの愛なんてどうでもいい！　わきまえたほうがいいわ……あなたたち、人間が、どれほどくだらない存在かを！　私は疲れ切っているの！　どうでもいいの！　少しは分かって！

グレゴル　どうしたんです？

エミリア　〔腕を組む〕不幸なエリナ！

グレゴル　〔静かに〕さあ、エミリー、一緒に行こう。私ほどあなたを深く愛している人間はいない。私には分かっている――あなたには、絶望的な、恐ろしい何かが潜んでいる。エミリー、私はまだ若いし、力もある。あなたを愛に溺れさせることもできる。嫌なことは忘れていい――あなたは、私の服を皮のように脱がせばいい。聞いているかい、エミリー？

〔エミリアは規則的な寝息を立てている〕

〔怒って立ち上がる〕どういうことだ？　――眠るなんて！　――からかっているのか？　――眠っている。酔っぱらいのようだ。〔彼女のほうに手を伸ばす〕エミリー、ぼくだ――ぼくだ――誰もいない――〔彼女に身を寄せる〕

〔離れたところにいる清掃婦が注意を引こうと大きな咳払いをする〕

〔起き上がる〕ん？　――ああ、あなたか――この方はおやすみになっている。起こさないで。〔エミリアの手に口づけをして、何も言わずに足早に去る〕

清掃婦　〔エミリアに近づき、黙って彼女を見ている〕可哀想な人。〔立ち去る〕

〔間。ヤネクが舞台裏から姿を見せ、十歩ほど離れたところで立ち止まり、エミリアのほうを向く〕

エミリア　〔目を覚ます〕ベルチーク？

ヤネク　〔下がる〕いいえ。ヤネクです。
エミリア　〔坐り直す〕ヤネク？　こっちに来て、ヤネク。私の用事をきいてくれる？
ヤネク　ええ。
エミリア　何でもやってくれる？
ヤネク　ええ。
エミリア　大事なことよ、ヤネク。英雄のような仕事。
ヤネク　ええ。
エミリア　で——見返りは何がいい？
ヤネク　何も要《い》りません。
エミリア　近くに来て。あなたはとてもいいことをしてくれるの、分かる？　ねえ、あなたのお父さんは自宅に封印された封書を持っていて、そこにはこう書いてある。「我が息子フェルディナントに手渡すこと」って。机の上か、金庫か、どこかにあるはず。いい？

ヤネク　ええ。
エミリア　それを持ってきて。
ヤネク　父さんに言えば、渡してもらえますか？
エミリア　渡さないわ。あなたが奪わないと。
ヤネク　それはできません。
エミリア　おやおや、坊やは父さんが怖いの。
ヤネク　怖くありません、ですが――
エミリア　ですが？　ヤネク、誓ってもいいけど、それは単なる形見なの――特段価値のないもの――ただ、喉から手が出るほど欲しいの！
ヤネク　ぼくは――ぼくはやってみます。
エミリア　ほんと？
プルス　〔陰から姿を見せる〕無理しなくていい、ヤネク。金庫にある。
ヤネク　父さん、また――
プルス　行ってきなさい！〔エミリアに〕さあ、偶然ですな。てっきり、あいつはクリスティナを追いかけて劇場の近くをうろついているかと思ったのに——

エミリア　どうして、あなたが劇場をうろついているの？

プルス　待ってたんですよ——あなたを。

エミリア　〔ぴたりと身を寄せる〕なら、あの封書をちょうだい！

プルス　私のものではありませんから。

エミリア　持ってきて！

プルス　ふむ——いつ？

エミリア　今晩。

プルス　——————結構。

幕

第三幕

〔ホテルの一室。下手には窓、上手には廊下に通じるドア。正面奥にはエミリアの寝室があり、その入口はカーテンで覆われている〕
〔エミリアはネグリジェ姿で寝室から出てくる。そのあとを、襟を外して、夜会服姿のプルスが出てくる。プルスは黙って上手に坐る。エミリアは窓に向かい、ブラインドを上げる。朝の弱い光が差し込む〕

エミリア　〔窓から振り返る〕で？〔間。近づく〕例のものをちょうだい。〔間〕聞いてる？　あの封書をちょうだい。

〔プルスは黙ったまま胸のポケットから革のケースを出し、そこから封印された封書を取り出すと、何も言わずにテーブルの上に放り投げる〕

〔エミリアは封書を受け取り、手にしたまま化粧台に向かう。化粧台に坐り、ランプを灯し、封書を眺める。一瞬躊躇《ためら》ったのち、ヘアピンで一気に封を開け、折り畳まれた黄ばんだ紙を取り出す。文面を一読すると、すぐに歓喜の息を吐《つ》き、手紙を折り畳み、胸元に入れて隠す。立ち上がる〕よかった！〔間〕

プルス 〔小声で〕私を騙したな。

エミリア お望みのものは……手に入れたでしょ。

プルス 私を騙したな。氷のように冷たかった。屍《しかばね》を抱いたかのようだった……

〔身震いしながら〕私が他人の書類を横領したのは、このためだったのか！ありがたいことだ！

エミリア 封書を渡したことを後悔しているの？

プルス あなたと出会ったことを後悔している……あなたに渡すべきでなかった。

まるで私が盗人のようだ。汚らわしい！　汚らわしい！

エミリア　朝食、食べる？

プルス　要らない。何も。〔立ち上がって、彼女に近づく〕顔を見せて！　顔を、私に向けて！　――あなたに渡したものが何なのか分からない。何か価値があるかもしれない、だが……封印されていることが、私が知らないということがその価値なのかもしれない――〔手を振る〕

エミリア　〔立ち上がる〕私の顔に唾でも吐きかけたいの？

プルス　いや、吐きかけるとしたら、自分の顔だ。

エミリア　勝手にどうぞ。〔ノックの音。ドアに向かう〕どなた？

付き人　〔舞台裏から〕私です、エミリアさま。

エミリア　入って。〔鍵を開ける〕食べ物を持ってきて！

付き人　〔下着の上にナイトガウンを羽織った姿で、息を切らして中に入ってくる〕エミリアさま、すいません、プルスさまはいらっしゃいますか？

プルス　〔振り返る〕何だ？

付き人　プルスさまの召使いが来ております。お話があるそうです。何かお持ちになっています。

プルス　ここにいるのをどうして知っているんだ――待つように言ってくれ。いや、君はここにいて。〔寝室に向かう〕

エミリア　髪を整えてちょうだい。〔化粧台の前に坐る〕

付き人　〔彼女の髪をほどく〕ああ、ほんとに怖かったですよ！　ポーターが私のところに来て、召使いがあなたに会いたいって。その上、召使いは自分を見失って、話すこともままならない。銃で撃たれたかのようにぎょっとしました。何かあったに違いありません、エミリアさま。

エミリア　あなた、髪を引っ張ってる。

付き人　あの召使い、顔がすっかり青白くなってて。ほんとに怖かったんです――

プルス　〔寝室から急いで出てきて、襟とネクタイを付けている〕ちょっと失礼。〔上手に出ていく〕

付き人　〔髪を櫛で梳《と》かしている〕お偉い方なんですよね？　いったい何が起きたの

やら。召使いが身震いしている様子をご覧になったら、エミリアさまも……

エミリア　あとで、卵を焼いて。

付き人　手には、手紙か何かを持っていたんです。様子を見てきましょうか？

エミリア　〔欠伸をする〕今、何時？

付き人　七時過ぎです。

エミリア　明かりを消して、もう黙って。〔間〕

付き人　唇がすっかり青ざめてるんです、あの召使いの人。

エミリア　髪を引っ張りすぎ、この馬鹿！　櫛を見せて！　いい、こんなに毛が抜けてる！

付き人　だって、手がこんなに震えているんですもの！　何かあったに違いありませんよ——

エミリア　だから、私の髪がこんなに抜けるのね。勝手になさい！〔間〕

〔プルスが廊下から戻り、未開封の手紙を手にして、機械的に撫でている〕

早かったわね。

〔プルスは手で椅子を探し、坐る〕

朝食、何食べる？

プルス　〔掠れた声で〕その娘を……出してくれ……

エミリア　さあ、出て。あとでベルを鳴らすから。出てって！

〔付き人は立ち去る〕

〔間を置いて〕それで？

プルス　ヤネクが……銃で自殺した。

エミリア　まさか！

プルス　頭が……粉々に。見分けもつかない。死んでしまった。

エミリア　可哀想に。誰が伝えにきたの？

プルス　私の召使いが教えてくれた。これは……ヤネクが書いたものだ。ヤネクのそばにあったらしい……ここには、血が――

エミリア　何て書いてあるの？

プルス　恐ろしくて……開けられない……いったい何故、どうして、私がここにいるのを知っていたんだ？　どうして、手紙をここに持って来させた？　ひょっとして、あいつは……

エミリア　あなたを見かけた。

プルス　どうして、あいつはあんなことを？　どうして……自殺なんか？

エミリア　読んで。

プルス　先に目を通して……くれないか？

エミリア　だめ。

プルス　おそらく――あなたも関係している――さあ、開けて――

エミリア　それはだめ――

プルス　あいつのところに行ってやらないと――あいつのところに……開けるべきか？

エミリア　ええ。
プルス　ならば。〔封を引きちぎり、手紙を取り出す〕
〔エミリアはマニキュアを塗っている〕
〔声を出さずに読む〕おお！〔手紙を手放す〕
エミリア　あの子は何歳だったの？
プルス　そういうことだったのか！
エミリア　可哀想なヤネク！
プルス　あなたを愛していたんだ……
エミリア　はあ？
プルス　〔啜り泣きながら〕私の一人息子、たった一人の――〔両手で顔を覆う。間〕十八歳、まだ十八歳だった！　ヤネク！　私の息子！〔間〕ああ、主よ、私は……あの子に対してきつく当たりすぎていた！　撫でたことも……さすったこともなければ、誉めたことも一度もなかった……せめて口づけだけでもと思ったこともあったが……いや、あいつには厳しくしないといけないと自分を戒めていた……私のように逞しくならねばと……それぐらい人生は厳しいのだから……私はあの子のことをまったく知らずにいた！　ああ、あの子は私のことを愛していたんだ！

エミリア　知らなかったの？

プルス　ああ、あの子がまだ生きていたら！　愚かにも、分別をなくして恋していたとは――――私がここに来るのを見ていたんだ……門のところで二時間も待って……それから帰宅して……

エミリア　〔櫛を手にして、髪を梳かす〕可哀想にね。

プルス　十八歳だ！　私のヤネク、私の息子……死んでしまった、見分けられないほどに……子供っぽい文字で書いているんだ。「……父さん、人生とは何か分かったよ、父さん、幸せになって、ぼくは……」〔立ち上がる〕あなたは何をしている？

エミリア　〔口にヘアピンを挟み〕髪を梳かしているの。

プルス　あなたは……理解していないのか。ヤネクは、あなたを愛していた！　あなたのために命を落としたんだ！
エミリア　ああ、そうやって死んでいく人ばかり！
プルス　それなのに、髪を梳かしていられるのか？
エミリア　ぼさぼさの髪のままでいろっていうの？
プルス　あなたのために命を落としたんだ！　聞いているか？
エミリア　それって私の責任？　あなたのせいでもあるでしょ！　この髪をむしったほうがいいの？　付き人の娘が十分抜いているけどね。
プルス　〔下がる〕黙れ、さもないと――〔ノックの音〕
エミリア　入って。
付き人　〔中に入る、今度は身なりを整えている〕ハウク＝シェンドルフさまです。
エミリア　入ってもらって！〔付き人は立ち去る〕
プルス　あなたは――今――その人物と会うのか？　私の目の前で？
エミリア　とりあえず、脇に行ってて。

プルス　〔仕切りのカーテンを上げる〕――このごろつき！〔姿を隠す〕

〔ハウク＝シェンドルフが入ってくる〕

エミリア　おはよう、マックス《ブェノス・ディアス》。どうしたの、こんなに朝早く？

ハウク　しー！　しー！〔つま先立ちで近づき、彼女のうなじに口づけする〕身支度を整えて、エウヘニア。出発しよう。

エミリア　どこに？

ハウク　家に、スペインへ。ふふ、うちの妻は何も知らない。いいかい、もうあいつのところには戻らない。お願い《ポル・ディオス》、エウヘニア、急いで！

エミリア　正気なの？

ハウク　もちろん。私は監視されてるんだ。だから捕まればまた送還されちまう、さっと小包みたいに、分かるか？　なあ？　つまり、奴らから逃げたいんだ。それであんたは私を連行する。

エミリア　スペインへ？　そこで私は何をするの？

ハウク　さあ《オラ》！　踊れるだろ！　ああ《ミ・ディオス》、娘《イハ》よ、いっつも私はうらやましく思ったものだ！　踊るんだよ、分かるか《サベ》？　で、私は手を叩く——〔ポケットからカスタネットを取り出す〕優美な人《アイ・サレーロ》！　さあ《バヤ》、お前《ケリダ》！　〔歌う〕ラ・ララ・ラ・ララ——〔動きを止める〕泣いているのは誰？

エミリア　誰もいないわよ。

ハウク　しー、誰か泣いている。男の声。しー《チーテ》、聞いて《エスクーチャ》——

エミリア　そう、そう。隣に誰かいるの。どうやら息子か誰かが亡くなったらしいの。

ハウク　何だって？　亡くなった？　悲しいな。行こう《バモス》、ジプシー娘《ヒターナ》！　ここにあるのが何か分かるか？　宝石だ。マティルダの宝石。マティルダはかみさんだ、分かるか？　すっかり老いぼれてな。年を取るのは醜い。老いるのは恐ろしい、恐ろしい。私も年を取った、でも、お前が戻ってきた時——幼かった《チキリティーカ》、私は二十歳だった、なあ？　信じられるか？

エミリア　そうそう《シー・シー》、セニョール。

ハウク　お前も年を取っていない。そう、人間は年を取るべきでない。狂人は長生きするって知っているかい？　おお、私は長生きする！　人間が愛に喜びを見出しているかぎりは……〔カスタネットを鳴らす〕愛を楽しめ！　ラ・ララ・ラ・ラ――さあ、ジプシー！　一緒に行くか？

エミリア　ええ。

ハウク　新しい人生だ、だろ？　また二十歳から始めよう、娘《ニーニャ》よ。快楽だ、快楽！　思い出せばいい！　ハハ、覚えているかい？　他のことはどうだっていい。少しも《ナダ》。行くか？

エミリア　そう《シー》。こっちに来て《ベン・アキー》、あなた《チューチョ》！〔ノックの音〕入って！

付き人　〔頭を突き出す〕グレゴルさまです。

エミリア　入るように言って！

ハウク　何の用だ？　何てことだ《ミ・ディオス》、逃げよう！

エミリア　待って。

〔グレゴル、コレナティー、クリスティナ、ヴィーテクが入ってくる〕

おはよう、ベルチーク。誰を連れてきたの？

グレゴル　お一人じゃないんですね？

ハウク　あー、グレゴルさん！　お会いできてうれしいです。

グレゴル　〔クリスティナをエミリアの前に突き出す〕この娘《こ》の目を見るがいい！　何が起きたか分かっているのか？

エミリア　ヤネクのことね。

グレゴル　動機は分かっているのか？

エミリア　まさか！

グレゴル　あの青年のことに関して、あなたには責任がある、いいかね？

エミリア　それで、弁護士共々、大勢引き連れてきたってわけ？

グレゴル　それだけじゃない。なれなれしい言葉はやめてもらおう。

エミリア　〔激昂する〕生意気に！　何の用？

グレゴル　じきに分かります。〔躊躇《ちゅうちょ》せずに坐る〕あなたの本名は？

エミリア　尋問のつもり？

コレナティー　そうではありません。単なる仲間内の会合です。

グレゴル　ヴィーテク、さっきのを！〔ヴィーテクから写真を受け取る〕クリスティナのために、この写真にサインしましたよね？　これは、あなたの署名ですか？

エミリア　そう。

コレナティー　結構。失礼ですが、昨晩、この文書を、私に送りましたよね？　エリアン・マック＝グレガーという人物が、自分はフェルディナント・グレゴルの母であると直筆で記したものです。一八三六年。これは本物ですか？

エミリア　そう。

グレゴル　ですが、これはアリザリン（一八六八年に人工的に合成された天然色素）のインクで記されています。どういうことか、分かりますか？　ねえ？　偽造されているのですよ！

エミリア　どうして、私が知っているの？

グレゴル　インクが新しいんです。皆さん、ご覧ください。〔指に唾をつけて、手紙に触れる」まだべたついている。これはどういうことです？

エミリア　知らない。

グレゴル　つまり、書かれたのは昨日だってことです、いいですか？　そればかりか、先ほどの写真に署名した人物と同じ手によるものです。とても変わった文字ですからね。

コレナティー　明らかにギリシア語だ。例えば、このアルファって文字は――

グレゴル　あなたがこの手紙を書いた、そうですね？

エミリア　あんたには何も話さない。

ハウク　皆さん、皆さん、失礼――

コレナティー　邪魔をしないで、あなた。これは興味深い点だ。せめて、この手紙をどこから持って来たか、お話しください。

エミリア　誓ってもいいけど、これを書いたのはエリアン・マック＝グレガー！

コレナティー　いつ？　昨日の朝？

エミリア　そんなの、どうでもいいこと。

コレナティー　大事なことです。大変重要なことです。エリアン・マック＝グレガーが死んだのはいつです？

エミリア　やめて！　もうやめて！　何も答えない。

プルス　〔寝室から足早に登場する〕失礼、その手紙を拝見させてくれ。

コレナティー　〔立ち上がる〕どうして――あなたが――

グレゴル　ここにいたのか？　エミリー、どういうことだ？

ハウク　おお、プルスさん！　お会いできてうれしいですな。お元気ですか？

グレゴル　あなたのご子息は――

プルス　〔冷たく〕知っている。その手紙を見せてくれ。〔コレナティーは手紙を渡す〕ありがとう。〔鼻眼鏡をかけ、注意深く読む〕

グレゴル　〔エミリアに近づき、小声で〕奴は、ここで何をしていた？　説明を！

エミリア　〔見定めるように〕何の権利があって？

グレゴル　前後の見境をなくした男の権利です。

プルス　〔手紙を返す〕この手紙は本物だ。

コレナティー　何だって！　じゃあ、エリアン・マック＝グレガーが書いたのか？
プルス　いや。書いたのは、ギリシア人のエリナ・マクロプロス。私の持っている手紙と同じ筆跡だ。疑いの余地はない。
コレナティー　だって、これを書いたのは――
プルス　――エリナ・マクロプロス。エリアン・マック＝グレガーという人物は実在しない。
コレナティー　頭がおかしくなったのか！　なら、この写真の署名は？
プルス　〔眺める〕エリナ・マクロプロスの文字に間違いない。
コレナティー　何と！　これは、こちらにいる女性の直筆の署名だ。クリスティンカ、そうだろ？
クリスティナ　返して！
プルス　〔写真を返す〕ありがとう。お話の邪魔をして失礼。〔脇のほうで坐ると、掌にあごをのせる。間〕
コレナティー　さあ、いったいどういうことか、誰か説明してくれ！

ヴィーテク　もしかしたら単なる偶然かも――マルティさんの筆跡が――少し似ているだけでは――

コレナティー　そうだ、ヴィーテク！　彼女の来訪も偶然で、この偽造も単なる偶然、ヴィーテク、そういうことか？　なら、すべて偶然のせいにしておくがいい。

エミリア　わるいけど、今朝のうちに私は出発したいの。

グレゴル　どちらへ？

エミリア　外国へ。

コレナティー　それはだめです！　いいですか？　ご自身のために留まってくださいい、さもないと、私たちは――呼ばなければなりません――

エミリア　私を逮捕する気？

グレゴル　さしあたり、そのつもりはありません。あなたにはまだ可能性がありま す――〔ノックの音〕

コレナティー　どうぞ！

付き人　〔頭を突き出す〕男性が二人、ハウクさまをお探しです。

ハウク　何だって？　私か？　私は行かん！　私は――お願いだ――そうしてくれないと――

ヴィーテク　私が訊いてきます。〔外に出る〕

コレナティー　〔クリスティナに近づく〕クリスティナ、泣かないで！　私も残念でならない――

ハウク　おやおや、この子も美人だな！　顔を見せて！　さあ、泣きやんで！

グレゴル　〔エミリアの傍で、小声で〕下に車がある。一緒に国境を越えよう、そうでもしないと――

エミリア　ハハ、それがあんたの考え？

グレゴル　私を取るか、それとも警察か。一緒に行かないか？

エミリア　行かない。

ヴィーテク　〔戻ってくる〕ハウクさん、お待ちです……医師と……もう一人の男性が。自宅まで同行すると。

ハウク　そうか、ふふ！　もうバレたか。待つように伝えて！

ヴィーテク　すでにお伝えしました。

グレゴル　諸君、マルティ氏が説明を拒むようなら、引き出しやカバンの中身を調べようじゃないか。

コレナティー　いや！　その権限はありません、グレゴル！　プライヴァシーの侵害などになります、よろしいですか？

グレゴル　そうするには警察を呼ばないといけないのか？

コレナティー　私は責任を負えません。

ハウク　失礼だが、グレゴルさん、ここは紳士として――

グレゴル　廊下には、医師と刑事があなたをお待ちです。こちらに呼びましょうか？

ハウク　それだけは。きっとプルスさんも――

プルス　やるがいい――その女性に対して――好きなことを。

グレゴル　結構。始めよう。〔書物机のところに行く〕

エミリア　やめて！〔化粧台の引き出しを開ける〕何様のつもり！

コレナティー　〔彼女に飛び掛かる〕おやおや、ご婦人！〔手から何かを奪い取る〕

グレゴル　〔振り返ることなく書物机を開ける〕ん、撃とうとしたのか？――

コレナティー　そう、装塡されている。グレゴル、もうやめよう。人を呼ぼう、いいか？

グレゴル　私たちだけで解決しよう。〔引き出しを調べる〕しばし歓談を。

エミリア　〔ハウクに〕マックス、この状況を黙って見てるの？　畜生《カスピタ》！　騎士を《イ・ウステ・》気取ってるくせに《キエーレ・パサール・ポル・カパジェーロ》？

ハウク　何てことだ《シエロ・デ・ミ》、どうすればいい？

エミリア　〔コレナティーに〕博士、あなたは裏表のない方でしょ――

コレナティー　大変残念ですが、間違っていますな。私は、詐欺師、世界的な泥棒。そう、私はアルセーヌ・ルパンなんです。

エミリア　〔プルスに〕なら、プルス！　あなたは紳士でしょ！　助けてくれないの――

プルス　失礼ですが、私に話しかけないでください。

クリスティナ　〔啜り泣く〕こんな風にあの人を扱うのは卑劣だわ！　行かせてあげて！

コレナティー　私もそう思う、ティンカティンカ。私たちがしていることは醜い。きわめて醜い。

グレゴル　〔テーブルに紙の束を放り投げる〕ほら。あなたは書類一式を持ち歩いているんですね。〔寝室に向かう〕

コレナティー　ヴィーテク、これは君のためにある！　一級の書類ばかり。整理してみないか？

エミリア　読まないで！

コレナティー　ご婦人、お願いですから、動かないでください。さもなければ、あなたの身体に危険が及ぶことになるかもしれません。刑法九十一条に従って。

エミリア　それでも、弁護士なの？

コレナティー　いいえ、犯罪に手を出したい気分なのですよ。おそらく昔からそちらの才能もあったかと。年を取って初めて自分の天職を知ることもあるのです。

〔間〕

ヴィーテク　失礼、マルティさん、次はどちらで歌う予定ですか？〔沈黙〕

ハウク　ああ《モン・デュー》、すまないが《ジュ・スィ・デゾレ》……すまない《デゾレ》……

ヴィーテク　ご自身の公演評はお読みになりましたか？

エミリア　いいえ。

ヴィーテク　〔ポケットから切り抜きを取り出す〕大々的に取り上げられています、ご婦人。例えば、こうです。「稀に見るほど傑出した力強い声、高音の魅惑的な豊かさ。比類なき歌の安定感……」それから「……かつてない劇的な解釈によって……見事なパフォーマンスを披露……本邦、いや世界のオペラ史に刻まれる唯一無比の公演……」——歴史ですよ！

クリスティナ　だって、それは本当だもの！

グレゴル　〔書類をたくさん抱えて、寝室から戻ってくる〕博士。とりあえず、これで全部だ。〔書類をテーブルに放り投げる〕始めてくれ。

コレナティー　喜んで。〔書類の匂いを嗅ぐ〕埃だらけですな。ヴィーテク、この埃には歴史的な価値がある。

グレゴル　それから「E・M」というイニシャルの印が見つかった、エリアン・マック＝グレガーの手紙に捺印されたものと同じ印だ。

プルス　〔起き上がる〕見せてくれ！

コレナティー　〔書類の傍らで〕ヴィーテク、見ろよ、これは一六〇三年の日付だ。

プルス　〔印を戻す〕これはエリナ・マクロプロスの印だ。〔坐る〕

コレナティー　〔書類の傍らで〕見つからないとでも思ったのか。

ハウク　おや、おや――

グレゴル　ハウクさん、このメダイヨンに見覚えはないですか？　あなたの高貴な紋章が描かれているように思えるのですが。

ハウク　〔メダイヨンをよく見る〕そう……これは……私があげたものだ！

グレゴル　いつ？

ハウク　あれは……スペインでのことだから……五十年も前のことだ。

グレゴル　誰にあげたのです？

ハウク　あの人ですよ――エウヘニア。エウヘニア・モンテス、もちろん。

コレナティー　〔書類から目を放す〕ここ、スペイン語で書いてある。スペイン語はできますか？

ハウク　当たり前です、見せて……ふむ、エウヘニア、マドリードの！

コレナティー　何？

ハウク　警察が発行した……不道徳行為による……退去命令！　売春婦のジプシー《ラメラ・ヒターナ・ケ・セ・》娘の名前《ジャーマ》は、エウヘニア・モンテス……ふふふ！　すまない、これは私たちが喧嘩した時のことだろ、なあ？

コレナティー　失礼。〔書類をよく見る〕旅券、エルザ・ミュラー、七九年。死亡診断書……エリアン・マック＝グレガー、一八三六年。ほら！　滅茶苦茶だ。いいか、名前を比べてみよう。エカテリーナ・ムイシュキナ、これは誰だ？

ヴィーテク　エカテリーナ・ムイシュキナは、四〇年代に活躍したロシア人の歌手。

コレナティー　君は何でも知っているな。

グレゴル　どうも変だ、どれもイニシャルは「E・M」。

コレナティー　この女性は同じイニシャルだけを集めている。変わった趣味だ、なあ？　おっと、「君の《ダイン》ペピ」。これは君の高祖叔父だ、プルス。読もうか？
「私の最愛の《マイネ・リーブステ》、最愛の《リーブステ》エリアン」。

プルス　エリナじゃないのか？

コレナティー　いや、エリアンだ。表紙にはこう書いてある、エリアン・マック＝グレガー、ウィーン、国立歌劇場。待て、グレゴル、これでエリアンに勝てるぞ。
「私の最愛の《マイネ・リーブステ》、最愛の《リーブステ》エリアン――」

エミリア　〔立ち上がる〕待って。それ以上読まないで。それは、私の手紙なの。

コレナティー　この上なく興味深いというのに！

エミリア　読むのをやめて。すべて話すわ。尋ねたいことは何でも。

コレナティー　本当ですか？

エミリア　誓ってもいい。

コレナティー　〔手紙を折り畳む〕では、ご婦人、あなたにこのようなことを無理強いしたことを心よりお詫びいたします。

エミリア　私を裁判にかけるの？

コレナティー　まさか！　単なる仲間内の話し合いです。

エミリア　いえ、私を裁判にかけてもらいたいの。

コレナティー　そうですか。では、権限の可能な範囲でお応えしましょう。それでは。

エミリア　いえ、本当の裁判のように見えないといけないの！　十字架とか、そういうものを。

コレナティー　なるほど。その通りです。他に何か？

エミリア　まずは食事と身繕いをする時間をちょうだい。こんな寝巻き姿で裁判に臨みたくないから。

コレナティー　まさにその通り。威厳のあるふさわしい準備が必要です。

グレゴル　茶番だ！

コレナティー　静粛に。裁判を軽んじてはいけない。被告は十分後に出廷するものとする――化粧台に行って戻ってくるのに、これで足りますか？

エミリア　正気なの？　せめて一時間は必要。

コレナティー　では、準備と黙想のために三十分与えます。その後、出廷すること。付き人を部屋に送りましょう。どうぞ！

エミリア　ありがとう。〔寝室に入る〕

プルス　私は……ヤネクのところに。

コレナティー　三十分後にお戻りください。

グレゴル　博士、せめてもう少し真剣になりませんか？

コレナティー　静粛に。私は大真面目だ。彼女がどういう状態かよく分かっている。彼女はヒステリーだ。ヴィーテク！

ヴィーテク　はい？

コレナティー　葬儀屋に行って、十字架、蠟燭、それから黒い布を手配してもらって。あと、聖書とか、そういったものを。早く！

ヴィーテク　分かりました。

コレナティー　髑髏《されこうべ》も手配してくれ。
ヴィーテク　人間のものですか？
コレナティー　人間でも、牛でも、かまわん。死を想起させるものであればいい。

幕

変　身

〔先ほどと同じ部屋だが、法廷に模様替えされている。テーブル、ソファ、椅子などに黒い布がかけられている。下手の大きめのテーブルには、十字架、聖書、火の灯った蠟燭、髑髏がある。そのテーブルの奥には、裁判長としてコレナティーが、書記官としてヴィーテクがおり、中央の小さいテーブルには、検察官としてグレゴルがいる。ソファにはプルス、ハウク、クリスティナが陪審員として坐っている。上手には、誰も坐っていない椅子が一脚ある〕

コレナティー　マルティはもうすぐ来るはずだ。

ヴィーテク　いや、飲んでなければいいですがね……毒か何かを。

グレゴル　馬鹿げてる。あんなに乗り気だったじゃないか。

コレナティー　被告を連れて来なさい。

〔ヴィーテクは寝室をノックして、中に入る〕

プルス　すまんが、この茶番に参加するのは遠慮したい。

コレナティー　だめです、あなたも傍聴人になってもらいます。

クリスティナ　〔啜り泣く〕これじゃ……まるで……お葬式みたい！

コレナティー　泣かないで、ティンカティンカ。死者よ、安らかに眠り給え。

〔ヴィーテクは、ボトルとグラスを手に持ち、盛装したエミリアに付き添う〕

被告を席に案内して。

ヴィーテク　被告はウイスキーを飲んだようです。

コレナティー　酔っ払っているのか？

ヴィーテク　相当酔っています。

エミリア　〔壁に寄りかかりながら〕私にかまわないで！　単なる……景気づけよ。

喉がカラカラ。
コレナティー　ボトルを取り上げて。
エミリア　〔ボトルを胸に当てる〕ダメ！　あげない！　取り上げたら、話さない！　ハハハハ、あんたたち――みんな、葬儀屋みたいね！　滑稽だわ！　ハハハハ、ほら、ベルチーク！　聖母《テオトコス》よ、吹き出しそう！
コレナティー　〔厳格に〕被告、行儀よく。
エミリア　〔気分を害して〕私を威嚇しようとしているんでしょ、ねえ？　ベルチーク、これ、単なる冗談でしょ？
コレナティー　裁判官が指名してから発言するように。着席して。――検察官、訴状を読み上げてください。
エミリア　〔落ち着かない様子で〕私は宣誓しなくていいの？
コレナティー　被告は宣誓しなくて結構。
グレゴル　被告、氏名エミリア・マルティ、職業歌手、は、利己的な目的により、詐欺、文書偽造を行ったかどで、神と我々の前で告発されています。それは、ありとあらゆる信頼、良識、さらには生そのものに抵触し、人間としての秩序の範《はん》疇《ちゅう》を超えている。よって、より厳しい法廷にて裁きが下されるべきである。

コレナティー　訴状に何か申し立てがあるものは？　なし。――では、尋問を始める。被告に起立を求めます。名前は？

エミリア　〔立ち上がる〕私？

コレナティー　もちろん、あなた、あなた、あなたです！　名前は？

エミリア　エリナ・マクロプロス。

コレナティー　〔口笛を吹く〕何だって？

エミリア　エリナ・マクロプロス。

コレナティー　生まれた場所は？

エミリア　クレタ。

コレナティー　生まれた年は？

エミリア　年？

コレナティー　年齢は？

エミリア　ふ、幾つだと思う？
コレナティー　三十ぐらい、かな？
ヴィーテク　三十は越えてる。
クリスティナ　四十過ぎよ。
エミリア　〔彼女に舌を出す〕この小娘！
コレナティー　判事の前では礼節をわきまえて。
エミリア　どうして、そんなに年老いて見えるの？
コレナティー　いい加減にして！　もう一度訊く、生まれた年は？
エミリア　一五八五年。
コレナティー　〔跳ね上がる〕いつだって？
エミリア　千、五百、八十、五。
コレナティー　〔坐る〕八五年。つまり、年齢は三十七歳ということですか？
エミリア　三百三十七歳よ。
コレナティー　真面目に答えなさい。年齢は？

エミリア　三百三十七歳。

コレナティー　またそんな事を！　父親は？

エミリア　ヒエロニムス・マクロプロス、ルドルフ二世（一五五二―一六一二。神聖ローマ皇帝、ボヘミア王。天文学、錬金術に関心を寄せていたことで知られる）の専属医。

コレナティー　まったく！　私はもう質問しない！

プルス　あなたの本当の名前は？

エミリア　エリナ・マクロプロス。

プルス　ヨゼフ・プルスの内縁の妻だったエリナ・マクロプロスは、あなたと同じ家系ですか？

エミリア　それは私。

プルス　どういうこと？

エミリア　私自身が、ペピ・プルスの内縁の妻だったの。それで、あの人との間にあのグレゴルが生まれた。

グレゴル　エリアン・マック＝グレガーは？

エミリア　それも、私。
グレゴル　気は確かか？
エミリア　私は、あんたのひいひいばあさんか何か。フェルディは私の息子、分かる？
グレゴル　どのフェルディ？
エミリア　フェルディナント・グレゴルよ。でも、戸籍簿には、フェルディナント・マクロプロスという名前になっている……書類では、私の本名が記されている。そうしなければならなかったの。
コレナティー　それはそうでしょう。で、生まれたのは、いつ？
エミリア　一五八五年。まったくもう《フリストトス・ソーテル》、もういい加減にして！
ハウク　え……えっと……失礼、あなたは、エウヘニア・モンテスなのか？
エミリア　そうだった、マックス。当時はまだ二百九十歳だった。私は、エカテリーナ・ムイシュキナでもあり、エルザ・ミュラーでもあり、いろんな人物になった。あなたたちは三百年も生きられないでしょ。

コレナティー　特に、歌手は。
エミリア　そうね。〔間〕
ヴィーテク　では、あなたは十八世紀も体験されたのですね？
エミリア　もちろん。
ヴィーテク　もしかして……個人的に……ダントンとお会いになりましたか？
エミリア　会ったわよ。胸糞悪い奴だった。
プルス　封印された遺言の中身をどうやって知ったのです？
エミリア　ペピが封をする前に、私に見せてくれたから。あの間抜けのフェルディ・グレゴルにそのことをいつか言えるようにって。
グレゴル　どうして、それを話さなかった？
エミリア　子供のことなんて気にかけてこなかった。
ハウク　いったい、何という言い草だ？
エミリア　いい、私はとうの昔に淑女でいるのをやめたの。
ヴィーテク　子供は大勢いたのですか？

エミリア　たぶん二十人ぐらいかしら。人間だから、うっかりすることもあるの。誰か飲みたくない？　ああ、口の中がカラカラ！　燃えそう！〔椅子に坐り込む〕

プルス　では、「E・M」と署名された手紙はあなたが書いたのですね？

エミリア　そう。それは、私に返して。いつか、読み返すから。汚らわしい、でしょ？

プルス　あなたは、エリナ・マクロプロスとして書いたのか、それともエリアン・マック＝グレガーとして書いたのか？

エミリア　そんなこと、どうだっていい。ペピは私のよき理解者だった。だから、ペピには全部打ち明けた。私は、あの人が好きだったの――

ハウク〔怒って立ち上がる〕エウヘニア！

エミリア　黙って、マックス、あなたも同じ。あなたとの生活は楽しかった、色男さん！　でも、ペピが……〔泣き出す〕あの人が、一番好きだった！　だから、あの人に託したの……マクロプロスの処方箋を……どうしても欲しいってせがまれたから……

プルス　何を託したのです?
エミリア　マクロプロスの処方箋を。
プルス　それは何?
エミリア　今日、あなたが私にくれた手紙のこと。あの封印された封書。ペピは自分で試そうとして、そのあと返すからって約束した……でも、遺言と一緒に保管していたの!　いつか、私が取りに来ると思っていたの——それが、今になって、ようやく取りに来たというわけ!　ペピは、なぜ死んだの?
プルス　高熱を出し……ひどく痙攣《けいれん》して。
エミリア　それはあれよ!　それはあれのせい!　ああ、あの人には言ったのに!
グレゴル　あなたが来たのは、そのギリシア語の何とかのためだったのか?
エミリア　ハハ、あなたたちには渡さない!　今は私が持っている!　ベルチーク、あんたのくだらない裁判なんてどうでもよかったの。私の子供であることも何とも思っていない。だって、私の子供がどれだけこの世で駆けずり回っているかなんて知らないし。私はそれが欲しかった。手に入れなければいけなかった、そうしなければ――そうしなければ――

グレゴル　そうしなければ？

エミリア　年を取ってしまうから。もう私は終わりが近いから。もう一度、試したいの。ベルチーク、触って、触って、私は氷のように冷たくなっているの。〔立ち上がる〕触って、私の手を触って！　ああ、私の手が！

ハウク　すまんが、マクロプロスの処方箋って何のことだ？

エミリア　作り方が書いてあるの。

ハウク　何を、どうやって作る？

エミリア　人間が三百年生きられるように。三百年、若いままでいられるように。私の父が、ルドルフ皇帝のために処方したもの……でも、あなたたち、この人が誰か知らないでしょ、ね？

ヴィーテク　ただ歴史上の人物として。

エミリア　あなたたちは歴史のことはまったく分かってない。歴史なんて、くだらない。全き聖《パナィア》、何を言おうとしていたかしら？〔箱の中身を嗅ぐ〕欲しい人いる？

グレゴル　それは何？

エミリア　別に。コカインか何か。何の話をしていたかしら？

ヴィーテク　ルドルフ皇帝のこと。

エミリア　そう。ほんとに、あいつはひどい奴！　あの人といえばね――

コレナティー　脱線はしないで。

エミリア　ふん、で、あの人が年を取りはじめると……生命の霊液のようなものを探しはじめたの。若返るためにね、分かるでしょ？　その頃、側近になった私の父が皇帝のために処方したの……三百年若くいられるというあの秘法、あの魔法を。でも、ルドルフ皇帝はその魔法に毒が盛られているんじゃないかって恐怖を抱いて、こう命じたの。「まずは、自分の娘で試してみろ」。それが私。その時の私は十六歳。つまり、父さんが私で実験したの。その頃は「魔法」と呼ばれていたけど、実際はまったく別の代物だった。

ハウク　何だったんだ？

エミリア　〔身震いしながら〕それは言えない！　言うことはできない！　そのあと、私は意識を失い、高熱を出して寝込んで、でも一週間かそこら経ってから回復した。

ヴィーテク　皇帝は？

エミリア　別に、激昂しただけ。だって、私が三百年も生きると、どうやったら納得してもらうことができる？　それで父さんは詐欺師扱いされて塔に閉じ込められ、私は父さんの書いた処方箋とともに逃げた。ハンガリアか、トルコか、もうどこか覚えていない。

コレナティー　誰かに見せたことはあるのか……そのマクロプロスの処方箋とやらを？

エミリア　ある。チロルの神父に試したことがある、一六六〇年か、そのあたりのこと。今でも生きているか、よくは分からないけど、一度、法王にもなったみたい。たしかアレクサンデルとか、ピウスとか、そういう名前。それから、ある将校にも試したことがある。イタリア人だったけど、殺されてしまった。名前はウゴ。あの人は美しかった！　あと、ネーゲリ、別名オンジェイ。ならず者のボンビータ、そしてペピ・プルス。プルスはあれを飲んで亡くなった。ペピが最後、あの人の許にあれが残っているの。――もう知らない。ボンビータに尋ねて。ボンビータは、まだ生きているから、今の名前は分からないけど。いい、あの人はね――何て言ったかしら？　たしか結婚詐欺師かしら？

コレナティー　失礼。あなたは、二百四十七歳なのでは？

エミリア　いいえ、三百三十七。

コレナティー　酔っ払っている。一五八五年から、二百四十七年が経過している。

エミリア　間違えないで！　三百三十七年。

コレナティー　エリアン・マック＝グレガーの筆跡を偽造したのは、なぜ？

エミリア　だって、この私がエリアン・マック＝グレガーだから！

コレナティー　嘘はおやめなさい！　あなたは、エミリア・マルティでしょう？

エミリア　そう、でもエミリアになってまだ十二年。

コレナティー　では、エウヘニア・モンテスのメダイヨンを盗んだことは認めますか？

エミリア　何を言うの、それも真実じゃない！　エウヘニア・モンテスは――

コレナティー　調書に書いてある。あなた自身、認めている。

エミリア　それは嘘！

コレナティー　共犯者の名前は？

エミリア　共犯者はいない！

コレナティー　否定しないで！　こちらはすべてお見通しだ。生まれたのはいつ？

エミリア　〔震えながら〕一五八五年。

コレナティー　では、そのコップに入っているものを飲んで！

エミリア　いいえ――いらない！　指図しないで！

コレナティー　飲みなさい！　コップの中身を。さあ、早く！

エミリア　〔不安に駆られて〕私をどうする気？　ベルチーク！〔飲む〕私は……目が……回る……これで。

コレナティー　〔立ち上がり、エミリアに近づく〕名前は？

エミリア　気持ちが悪い。〔椅子からよろめく〕

コレナティー　〔彼女を摑み、床に坐らせる〕名前は？

エミリア　エリナ……マクロ……

コレナティー　嘘はつかないように！　私を誰だと思う？　司祭だ。あなたは、私に告解をするのだ。

エミリア　パーテル――ヘモン――ホス――エイス――エン・ウラノイス〔ギリシア語で「天にまします我らの父よ」〕――

コレナティー　名前は？

エミリア　エリナ――――プロス。

コレナティー　髑髏を！――神よ、この邪悪な召使いであるエミリア・マルティの魂を受け止めてくださいますように、フムムムム……永遠に《サエクロルム》、アーメン……よし。〔髑髏を黒い布で覆い、エミリアの前に差し出す〕立て！　お前は誰だ？

エミリア　エリナ。〔意識を失っている〕

コレナティー　〔彼女を床に手放し、バンと音がする〕畜生！〔起き上がり、髑髏を置く〕

グレゴル　何だ？

コレナティー　彼女は、嘘をついていない！　その布をとって、早く！〔ベルを鳴らす〕グレゴル、医者を呼べ!!

クリスティナ　毒を盛ったの？

コレナティー　ほんの少しだけだ。

グレゴル　〔ドアを出て廊下へ〕医者はいるか？

医師　〔中に入る〕ハウクさん、もう一時間も待っている。さあ、帰りましょう。

コレナティー　待って。先生、まずはこちらを。

医師　〔エミリアの上に身をかがめる〕気絶しているのか？

コレナティー　中毒です。

医師　何の？〔エミリアの前で膝をつき、口の匂いを嗅ぐ〕ふむ。〔立ち上がる〕横にして。

コレナティー　グレゴル、寝室へ連れていって！　君は親族だろう――

医師　お湯は？

プルス　あります。

医師　美人ですな？　失礼。〔処方箋を書く〕あと、ブラックコーヒーを。これをもって薬局へ。〔寝室に向かう〕

コレナティー　さて、皆さん――

付き人　〔中に入ってくる〕エミリアさまがお呼びで？

コレナティー　ああ。ブラックコーヒーを頼む、ロイザ。とても濃いのを、いいか、ロイザ？

付き人　ええ、お望みのものを――

コレナティー　よし。あと、これをもって薬局に行ってくれるか？　さあ、早く！

〔付き人は立ち去る〕

プルス　〔中央に坐る〕私はおかしくなったようだ。彼女の話は事実なのか。

ハウク　そうだ。そのために、彼女を酔わせる必要はあったのかね？

ハウク　私は――私は――笑ってもかまわないが、私は、彼女の言うことを信じている。

コレナティー　君もか、プルス？

プルス　ああ、すっかり。

コレナティー　私もだ。これで、どういうことになるか分かるか？

プルス　ロウコフはグレゴルのものになる。

コレナティー　あなたにとっては好ましくない展開でしょう？

プルス　私を相続する者は誰もいない。

〔グレゴルはスカーフを手に巻いて戻ってくる〕

ハウク　彼女の具合は？

グレゴル　少しは良くなった。でも、噛まれた、獣だ！　なあ、私は彼女の話を信じている。

コレナティー　残念だが、私たちもそうだ。

〔間〕

ハウク　ったく、三百歳！　三――百歳だとよ！

コレナティー　みんな、このことは内密に、いいかね？　クリスティンカ？

クリスティナ　〔身震いする〕三百歳！　恐ろしい！

〔付き人がコーヒーを持って入ってくる〕

コレナティー　クリスティピスティ、来たぞ！　これを運んで。慈悲深い尼を演じるんだ、いいか？

〔クリスティナはコーヒーを持って寝室に入り、付き人は廊下に出る〕

〔両方のドアが閉じられたのを確認して〕さあ。さて、冷静になって検討しよう。あれをどうする？

グレゴル　何を？

コレナティー　マクロプロスの処方箋だ。このどこかに、三百年生きることができる処方箋がある。私たちは、それを自分のものにすることもできる。

プルス　彼女の胸元にある。

コレナティー　奪うこともできる。諸君、あれは……予想もできない事態を招きうる。あれをどうする？

グレゴル　何もしない。処方箋は、私のものだ。私は彼女の相続人だ。

コレナティー　違う。彼女が生きている限り、あなたは相続人ではない。彼女が望めば、あと三百年生きることもできる。とはいえ、私たちが手に入れることもできる。

グレゴル　詐欺でもして。

コレナティー　例えば、そうだ。だが、あれは、とてつもなく重要なものだ……私たちにとって、そしてありとあらゆるものにとって――さて。諸君、お分かりかね。彼女が持っていてよいのか？　どうして、彼女、それに、ならず者のボンビータだけが利益を得ているんだ？　他に誰が手に入れる？

グレゴル　まずは、彼女の子孫だろう。

コレナティー　いいかい、そういうのは大勢いる！　だが、あまり強調しないほうがいい。例えば、君、プルス。もし君が手に入れたとして、私に貸してくれるか？　いいか、私は三百年生きていたい。

プルス　いや。

コレナティー　この通りだ、諸君。私たちの間で合意しないといけない。あれをどうする？

ヴィーテク　〔立ち上がる〕マクロプロスの処方箋を公開しましょう！

コレナティー　いやいや、それは、だめだ！

ヴィーテク　皆に分け与えましょう！　人類に！　誰もがみな、生きる権利を持っている！　ああ、私たちの命の短いこと！　何と短いことか、人間であるのがどうしてこんなに短いのか！

コレナティー　何を言う！

ヴィーテク　だって、泣けるじゃありませんか、皆さん！　考えてみてください

——この全人類の魂、知への欲望、頭脳、労働、愛、想像力、すべて、すべて

——ああ、六十年という人生で、人は何ができる？　何を享受できる？　何が習得できる？　自分が植えた木の果実を手にすることはできないのか？　自分が生まれる前に人類が知っていたことすべてを学ぶことはない。自分という作品を完成できず、自分という見本を残すこともできない。ちゃんと生きるよりも早く死んでしまう！　ああ、どうして私たちの人生はこんなに短いのか！

コレナティー　いやはや、ヴィーテク——

ヴィーテク　喜びを感じる時間もなければ、ゆっくり考える時間もなく、日々の糧を得るためにあくせく働くばかりで、余計な時間はまったくない！　何も目に入らないし、何を知ることもなく、何を終えることもない、自分を知ることもなければ、自分を完成させることもない。残るのは断片ばかり！　これで、どうして生きているのか？　それだけの価値はあるのか？

コレナティー　おい、君は私を泣かすつもりか？

ヴィーテク　私たちは動物のように死ぬだけ。死後の生、不滅の精神とは、人生の

短さに激しく抗議することでしかないのか？　人間がその動物のような役割と折り合いをつけることなど、けっしてなかったし、これからもない。そもそも許されていないのだ。あまりにも不公平だ。人生が短いのはあまりにも不公平だ。人間は亀やカラスを超えた存在であるはず。人間が生きるには、もっと時間が必要。六十年という歳月は農奴制でしかない。これは弱点であり、動物に留まっている証であり、無知に他ならない。

ハウク　おやおや、私は、もう七十六歳だ！

ヴィーテク　すべての人に三百年の人生を！　そうすれば、人類創造以来、最大の出来事となるはず。人類を解放し、人間の新たな最終的創造となる！　ああ、どうやったら、人間に三百年の生命を与えられるのか？　初めの五十年は子供、生徒となり、次の五十年で世界を知り、ありとあらゆるものを目にし、次の百年ですべての人のために働き、あらゆることを知ったのち、残りの百年は、良識とともに暮らし、統治し、教育をし、模範となる！　人生が三百年あったら、どれほど価値があることか！　戦争もなくなる。あの醜い競争もなくなる。恐怖も利己心もない。誰もが知識を有し、洞察深い人物となる。〔手を組む〕完璧な至高の存在となり、神の気まぐれではなく、神の真の子供となる！

コレナティー　それは、とても素晴らしい。とても結構な話だ、だが――

グレゴル　ありがたいことだ。三百年も、事務員であり続けたり、ストッキングを編み続けたりするのだから！

ヴィーテク　ですが――

グレゴル　あるいは、至高の全知全能の存在となる、だが――いいか、役立っている仕事のほとんどは、人間が無知だからこそできているのかもしれんぞ！

コレナティー　ちょっと失礼、ヴィーテク。法律そして経済の観点から見ても、それはありえない。私たちの社会制度は短命であることを前提としている。例えばだね……契約、年金、保険、給与、相続権、その他にも、いろいろとある。例えば、結婚制度――ほら、誰も三百年も結婚していようとは思わんだろう。君は、無政府主義者だ！　この社会の秩序を転覆しようとしているのか！

ハウク　だが……だが。三百年経ったら、皆、若返ることになるのでは……

コレナティー　――つまり、事実上、永遠に生き続けることになる。それはありえない。

ヴィーテク　それは禁止しないと！　三百年生きた人は皆、死ぬべきです！

コレナティー　ほら見たことか！　同じ人道的な理由から、生きることを禁じるのか！

ハウク　申し訳ないが、私は……私はだね、その処方箋はいくつかに分けるべきだと思う。

コレナティー　どうやって？

ハウク　年ごとに区切って。一つの単位は――十年分の命とする。三百年は、少し多すぎる、これだと……誰も欲しがらない。でも、十年なら、みんな買うだろ、なあ？

コレナティー　なら、寿命を販売する商社が設立できる。それは、いいアイデアだ！　注文が目に浮かぶようだ。「二百年の寿命を一千ユニット送付願います。コーン社」「最高級の二百万年を丁寧に包装の上、速達でウィーン支店へ」。ハウク、これは悪くないな。
ハウク　私は……私は商売人じゃない、知ってるだろ？　でも年を取った人間なら喜んで飛びつくと思う……わずかな寿命に……でも三百年は多すぎる、だろ？
ヴィーテク　でも、教養を身につけるには足らない。
ハウク　いいかい、教養を買おうとする者などいやしない。でも、十年分の快楽、これなら飛びつくはず、そうそう、喜んで。
付き人　〔入ってくる〕薬局でもらってきました。
コレナティー　ありがとう。ロイザ。君は、あとどのぐらい長生きしたい？
付き人　ふふ、あと三十年は。
コレナティー　それ以上は要らない？
付き人　要りません。長生きして、どうするの？
コレナティー　ほらな、ヴィーテク。
〔付き人は立ち去る。コレナティーは寝室をノックする〕

医師　〔ドア越しに〕何だ？　お、ありがとう。〔薬を受け取る〕

ハウク　具合は？

医師　良くない。〔寝室に戻る〕

ハウク　ああ、可哀想に。

プルス　〔立ち上がる〕諸君、不思議なことだが……偶然によって、ある秘密が私たちの手に委ねられている。延命に関するものだ。仮にそれが実現可能であるとしよう。だが、それを自分のために悪用する者など、ここにはいないと私は思うが。

ヴィーテク　言いたかったのはそのことです！　全員の寿命を長くしないと！

プルス　いや。ただ力ある者だけだ。きわめて有能な者だけ。普通の貧乏人であれば、この儚い人生で十分足りている。

ヴィーテク　おお、何てことを！

プルス　君と言い争うつもりはない。いいかね、普通の、小さな、愚かな人間は死にやしない。あなたが手を差し出さなくても、小さな人間は永遠だ。ハエやネズミがそうであるように、小さなものは途切れることなく繁殖していく。大きなものだけが死を迎える。力と能力を有する者だけが死ぬ。なぜなら替えが効かないからだ。あれは、私たちの手元に留めておくべきだろう。長寿の貴族制度を設立することもできる。

ヴィーテク　貴族？　聞いたか？　命の特権だ。

プルス　そう。最良の者の人生だけが重要となる。指導的立場にある純血で有能な男たちだけ。女性は該当しない。だがこの世には、余人をもって代えがたい男が、十人、二十人、いや千人はいる。そういう人間を保護しなければならない。超人的な知性へ、超自然的な権力へと彼らを導いていかなければならない。やろうと思えば、十人か、百人か、千人の超人的な指導者や創造者を育て上げることができるのだ。

ヴィーテク　長寿の貴族を養成する。

プルス　その通り。無限の命に値する人物を選択する。

コレナティー　だが、誰がその選ばれし者を任命する？　政府？　国民投票？　スウェーデン・アカデミー？

プルス　くだらない投票はない。最強の者から最強の者へと継承するだけ。物質の指導者から精神の指導者へ。発明家から軍人へ。起業家から独裁者へ。命を支配する者たちの王朝となる。貧困層の文明に頼らない王朝だ。

ヴィーテク　貧困層は生きる権利を獲得しようと、あくせく働くだけ。

プルス　いや、指導者たちが生きる権利のために、だ。時に、指導者が殺されることもあるだろう。だから、どうした？　革命は奴隷の権利だ。だが世界が進歩する唯一の方法は、弱くて小さい独裁者から、強くて大きな独裁者へ交代することだ。長寿という特権、それは、選ばれし者たちの独裁制。それは……知性の統治だ。知識と権力の超人間的な権威。人民に勝る政府。長寿の者が人類の統治者となるのは疑いがない。それは、皆さんの手に委ねられている。もちろん、悪用もできる。私が言いたいのは以上だ。〔坐る〕

コレナティー　ふん。その最良の選ばれし者となるのは、自分か、あるいはグレゴルとでも言いたいのだろ？

プルス　いや。

グレゴル　でも、あなたはきっとそうでしょ？
プルス　……今やもう、そうではない。
グレゴル　諸君、無駄話はやめよう。長寿の秘密はマクロプロス家の財産だ。マクロプロス家に任せてくれ。
ヴィーテク　何ですって？
グレゴル　この処方箋を用いるのは、家族の一員のみ。それが誰であろうと、エリナ・マクロプロスの子孫に限る。
コレナティー　なるほど、どこかの放浪者もどきの男爵と錯乱したヒステリックな女とのあいだに生まれたからというだけで、永遠の命を授かるのか？　この家族の異常さは遺伝なのか。
グレゴル　何とでも言うがいい。
コレナティー　幸いにも、その一家の主人と知り合う機会に恵まれた。その方は――言葉にするのも憚《はばか》られるが、つまり、変質者だった。由緒正しい家族だな、だろ？

グレゴル　お好きなように。狂人だろうが、愚か者だろうが。倒錯者であろうと、遺伝の病人だろうと、障がい者だろうと、白痴だろうと、何だってかまわない。悪だったとしても！　それは関係がない。それは当人の問題だ。

コレナティー　それは結構なことだ！

医師　〔寝室から出てくる〕もう大丈夫だ。少し休ませればいい。

ハウク　そうそう、休ませる。よかった。

医師　さあ、ハウク、帰宅しよう。同行する。

ハウク　いや、今、ここでとても重要な会議をしている、そうでしょう？　もう少しここにいさせてください！　私は——きっと——

医師　ドアの向こうで待っている奴がいる。じいさん、馬鹿な真似はやめて、さもないと——

ハウク　ああ、ああ——私は——私は——すぐに行きますから。

医師　それでは失礼、諸君。〔立ち去る〕

コレナティー　グレゴル、君は本気か？

グレゴル　完全に本気です。

クリスティナ　〔寝室から出てくる〕静かにお話しください。まだ眠りが足らないようです。

コレナティー　クリスティナ、こちらへ。君は、三百年、生きたいと思うか？

クリスティナ　いいえ。

コレナティー　それだけ長生きできる処方箋があったら、君はどうする？

クリスティナ　分かりません。

コレナティー　皆に配る？

クリスティナ　分かりません。そんなに長生きしたら、もっと幸せになれる？

コレナティー　ティンカティンカ、言うまでもない、人生はとても幸せじゃないか。

クリスティナ　いえ――分かりません。私には訊かないでください。

ハウク　ああ、お嬢さん、人間というのはとてつもなく楽しんで生きるものですよ！

クリスティナ　〔目を覆う〕そうでない時もあれば……そうでない人……もいるの。

〔間〕

プルス　〔彼女に近づく〕ヤネクのことをありがとう。

クリスティナ　どうして？

プルス　今、君が思い出してくれたから。

クリスティナ　思い出す？　どうやったらできるの……他のことを考えるなど。

コレナティー　今、私たちは永遠の命について論じている！

エミリア　〔頭に包帯を巻いた姿で、影のようにふらりと入ってくる。全員、立ち上がる〕

ごめんなさい、しばらくの間……席を外して……

グレゴル　具合は？

エミリア　頭痛――心がうつろで――気分が悪い――

ハウク　じきに良くなる。

エミリア　良くならない。けっして良くならない。もう三百年続いているんだから。

コレナティー　何ですって？

エミリア　退屈。いや、退屈でもない。これは――これは――あなたたちの言葉で表現できないもの。どの言語にもふさわしい単語がない。ボンビータもそう言っていた……吐き気がする。
グレゴル　何なんです？
エミリア　分からない。すべてがあまりにも馬鹿げていて、空虚で、無駄で――ここに、全員いるの？――まるでいないかのよう。まるで物か、影になったかのよう……あなたたちと何をすればいいの？
コレナティー　退出しましょうか？
エミリア　いえ、どうでもいい。死ぬことも、ドアの向こうに出て行くことも同じ――あるのも、ないのも、結局は同じ――あなたたちは、このくだらない死に多くの時間を費やしている！　あなたたちは変人なの――ああ！
ヴィーテク　どうしました？
エミリア　生きるべきじゃない、生きるべきじゃない、こんなに長く生きるべきじゃない！

ヴィーテク　どうして?

エミリア　人間は耐えられなくなる。百年、百三十年まではまだ耐えられる、けど、そのあと……そのあと、知る羽目になる……知るの……魂が死ぬのを。

ヴィーテク　何を知るのです?

エミリア　ああ、それを言い表せる言葉はない。そのあと、人間は何も信じられなくなる。何も。あとは、退屈だけ。ねえ、ベルチーク、私が歌っている時、まるで凍りつくようだって言っていたわね。いい、人間にできないことがあるから、芸術は意味を持つの。できるようになったら、完璧にこなすようになったら、それは無駄だと分かる。クリスティナ、それは無駄なの、いびきをかくのと同じくらい無駄なの。歌うことは黙ることと同じ。すべては同じ。違いはなくなる。

ヴィーテク　それは本当じゃない!　あなたが歌うと……人間は少しだけ良くなり、少しだけ偉大になる。

エミリア　人間が良くなることはない。何も変えることもできない。何も、何も、何も起きない。今、銃撃があっても、地震があっても、世界の終わりがやってきても、何も起きない。私にさえ、何も起きない。あなたたちはここにいるけど、私はとてつもなく遠いの——ありとあらゆるものから——三百年離れている——ああ、あなたたちの生き方が軽やかに見えるのを分かってもらえたら！

コレナティー　どうして？

エミリア　あなたたちは、すべてに近い！　あなたたちにとって、すべてが意味を持っている！　あなたたちから見れば、すべてに価値がある。だって、その数年の間に、十分にそれを満喫することはないから……ああ、神よ、もう一度——〔手を合わせる〕愚か者よ、あなたたちは幸せなの！　あなたたちの幸せな姿を見ていると、反吐《へど》が出そう！　早く死ぬかどうかは、くだらない偶然次第なの！あなたたちは猿みたいに何にでも興味を抱く！　ありとあらゆるものを信じる。愛を信じ、自分を信じ、徳を信じ、進歩を信じ、人類を信じる、私には分からないものばかりを信じている！　マックス、あなたは快楽を信じていて、クリスティナ、あなたは愛と忠実さを信じている。プルス、あなたは力を信じている。ヴィーテク、あなたはくだらないものを信じている。誰もが、何かを信じている！

そうやって生きているの、あんたたち……能無しは！

ヴィーテク　〔激昂して〕ですが、きっとあるはずです……大事な価値……理想……任務が……

エミリア　あるわ、でも、それが存在するのはあなたたちにだけ。どう言ったらいいかしら？　もしかしたら愛はあるかもしれない、でも、それはあなたたちの中にあるだけ。もしあなたたちの中になければ、どこにもない、愛など存在しない……宇宙にも……人間は三百年も愛せない。三百年も希望を抱けない、創造することも眺めることもできない。耐えられない。すべてにうんざり。善も、悪もうんざり。天も地もうんざり。そして、何もないことに気づく。無。罪も、痛みも、大地も、何もない。あるとしたら、価値あるものだけ。でも、あなたたちから見れば、何にでも価値がある。ああ、私もかつてはあなたたちと同じだった！　娘だった、淑女だった、幸せだった、私は――人間だった！　天にまします神よ！

ハウク　ああ、どうした？　何が起きた？

エミリア　ボンビータが何を話したか聞いてもらいたい！　私たち――年老いた私

たちは、あまりにも多くのことを知っている。でも、あなたたちのほうが、私たちより、よく知っているの、お馬鹿さん！　際限なく多くのことを！　愛を、偉大さを、目的を、すべてを。あなたたちにはすべてがあるの！　自分たちから求めようとしなくてもね！　あなたたちは生きている、けど、私たちの命は止まったかのよう、ああ！　これ以上は無理——ああ、恐ろしいほどの孤独！

プルス　では、どうしてここにやって来たんだ……マクロプロスの処方箋を求めて？　どうして、もう一度、生きようとしたんだ？

エミリア　——————だって、死ぬのがとてつもなく怖いの。

プルス　ああ、不滅であっても逃れられない？

エミリア　ええ。

〔間〕

プルス　マクロプロス嬢、私たちはあなたにひどい仕打ちをしました。

エミリア　そんなこと何とも感じない。あなたたちの言う通り。年を取るのはみっともないもの。子供だって私を恐れるの、分かる？　クリスティナ、私のこと、忌み嫌っているでしょ？

クリスティナ　いえ！　あなたが――気の毒でなりません！

エミリア　気の毒？　私のことが？　嫉妬を感じないの？〔間。身震いをし、胸元から折り畳んだ手紙を取り出す〕ここに書いてある。「エゴ・ヒエロニムス・マクロプロス、イアトロス・カイサロス・ロドルフ（ギリシア語で「私、ヒエロニムス・マクロプロス、ルドルフ皇帝の医師」）……」一語ずつ、何をどうすべきか書いてある。――〔立ち上がる〕受け取りなさい、ベルチーク。私は、もう要らない。

グレゴル　どうも。ですが、私は要らない。

エミリア　要らない？　なら、マックス。あなたは生きるのが好きでしょ。もっと愛せるわよ、ねえ？　受け取って。

ハウク　なあ……それで死ぬこともあるのか？　その時は……痛むのか？

エミリア　痛いわ。それが怖いの？

ハウク　ああ。

エミリア　でも、そのあと三百年生きられるのよ！
ハウク　もし……痛みがなければ……いや、私は要らん。
エミリア　博士、あなたは賢い方。よく考えて……何の役に立つのか、立たないのか。要る？
コレナティー　親切なお方だ。だが、それをもらっても、何もできない。
エミリア　ヴィーテク、あなたは面白い人。あなたにあげる。これで全人類を幸せにできるかもしれない。でしょ？
ヴィーテク　〔後ろに下がる〕いいや。私は――私は――要らない。
エミリア　プルス、あなたは力強い人。あなたも、三百年生きるのが怖いの？
プルス　ああ。
エミリア　ああ、欲しい人はいないの？　誰も欲しがらないの？　――ここにいたわね、クリスティナ。あなたは何とも言わなかった。ねえ、私はあなたの恋人を奪った。さあ、受け取りなさい。あなたは美しい、三百年生きられる。エミリア・マルティのように歌えるようになる。有名になる。いい、数年後には年を取り始める。そうなったら、後悔するはず……さあ、あなた！

クリスティナ　〔手紙を受け取る〕ありがとう。

ヴィーテク　クリスタ、それをどうする？

クリスティナ　〔手紙を開く〕分からない。

グレゴル　試すのかい？

コレナティー　おい、この娘は怖くないのか？　彼女に返すんだ！

ヴィーテク　彼女に返せ！

エミリア　持っていなさい！

〔間〕

〔クリスティナは黙ったまま燃えている蠟燭の上に手紙をくべる〕

ヴィーテク　焼くな！　大事なものだ！

コレナティー　おい！　やめろ！

ハウク　おいおい！

グレゴル　彼女から奪え！
プルス　〔皆を止める〕放っておけ！

〔疲弊しきった沈黙〕

ハウク　おやおや、なかなか燃えないぞ。
グレゴル　羊皮紙だ。
コレナティー　ゆっくりと炭になっている。クリスタ、焼くな！
ハウク　せめて、少しだけでも残してくれたら！　ほんの少しだけでも！

〔沈黙〕

ヴィーテク　永遠の命が！　人類は永遠に探すことになる、ここに、ここにあったものを……
コレナティー　私たちは永遠に生きることができたかもしれない。結構なことだ！
プルス　永遠の命……あなたにはお子さんが？

コレナティー　いる。
プルス　それこそ、永遠の命だ！　誕生のことを考えるのだ……死の代わりに……生は短くはない。生命の源になりさえすれば……
グレゴル　燃え尽きようとしている。野蛮な考えだったかもしれない……永遠に生きることは。ああ、それがもはやなくなったと言うのは、どこか切ない、だが心は軽やかになった……
コレナティー　私たちはもう若くはない。若い彼女だからこそ、美しく焼き払うことができたのだ……死を前にした恐怖を。よくやった。ティンカティンカ。
ハウク　すまんが……どこからか……変な匂いが――
ヴィーテク　〔窓を開ける〕――燃え滓《かす》だ。
エミリア　ハハハ、これで不滅も終わり！

幕

解　説

戯曲家チャペックの誕生

カレル・チャペック（一八九〇―一九三八）にはいくつもの顔がある。ジャーナリストであり、小説家であり、そして戯曲家でもあった。新生チェコスロヴァキアの誕生とともに、多面的な活動を始めるチャペックは、まさに新時代の申し子と言うべき存在だった。そればかりか、「ロボット」という言葉は、彼の戯曲『ロボット　RUR』から広がったものであり、文明社会における人間の位置を問うチャペックの洞察力は、今なお私たち読者を惹きつけてやまない。だが、ここでは、戯曲家としてのチャペックについて少し考えてみたい。というのも、自身で述べているように、チャペックが演劇の世界に足を踏み入れたのは偶然の産物に他ならなかったからである。

何はともあれ、一度は打ち明けなければならないのだが、私が舞台、演劇にたずさわるようになったのはまったくの偶然の産物だということだ。若かりし私は、演劇にたずさわるのを夢想したこともなければ、舞台上の英雄になりたいと思ったこともなく、劇場の裏口を行ったり来たりすることもなければ、天井桟敷にこだわる人間でもなかった。戯曲家になるとは夢にも思わなかった。以前、短篇を戯曲の形で書いたことがあったが、それは、今は亡き老フランチシェク・コール（作家。チャペックの戯曲の著作権代理人も務めた）の企みによるもので、彼はその作品を私から引き出して舞台にした。その作品は『盗賊』である。この手違いによって、私は戯曲家になってしまい、ある時などヤロスラフ・クヴァピル（詩人、演出家。ドヴォジャークのオペラ「ルサルカ」の台本を執筆）に説得され、ヴィノフラディ劇場のドラマトゥルク（作品の選定、脚色を補佐する専門家）をやる羽目になった。私はその方面の才能はなかったが、しまいにはある種の冒険のように思え、また唯一そう思うことで挑戦してみる気になった。そういうわけで、私は、裏口から、つまり小道具や舞台装置、奈落やセリのある側から、劇場に足を踏み入れたのである。それは、私にとってまったく新しく、未知の世界だった。

（「意志に反して演劇人となって」一九三二年）

このように幾つもの偶然が重なって、戯曲家カレル・チャペックが誕生したのだった。今一度、その状況を振り返ってみよう。依頼を受けて執筆した戯曲『盗賊』が一九一九年に完成すると、一九二〇年、プラハの国民劇場で初演される。第二作目で代表作となった『ロボット RUR』は、一九二一年一月、同劇場で初演を迎え、以後、チャペックの名前は世界に広く知られることとなる。同年九月、プラハのヴィノフラディ劇場のドラマトゥルクに就任し、同劇場で四作の演出を手掛けるなど、わずか二、三年のあいだに、チャペックは戯曲家、そして演出家となったのである(なお、チャペックが生涯勤めることになる『人民新聞』の記者となったのも一九二一年であった)。

この背景には、当時のチェコスロヴァキアの文化状況も関係しているだろう。オーストリア＝ハンガリー二重帝国から一九一八年に独立を宣言した新興国において、新たな政治・社会的な枠組みとともに、新しい芸術、文化を創出する場も求められていた。プラハの国民劇場では、音楽、オペラに加え、演劇も上演されていたが、同劇場よりも演劇に特化していたのが一九〇七年に開設されたヴィノフラディ劇場だった。同劇場では、新しい時代にふさわしい新しい演目が求められており、そのような状況下、白羽の矢が立ったのが、当時頭角を現していたチャペックだったという訳である。そのような期待に応える形で、チャペックは先の二作品に加え、兄ヨゼフとの共著で『虫の生活より』(一九二二年刊)といった戯曲を執筆し、チェコの演劇シーンに刺激を与える。だがチャペックがみずから演出した自作は、じつは一作しかない。それが『マクロプロスの処方箋』である。「三幕と変身からなる喜劇」という副題の通り、実質的には四幕からなる本作は、一九二二年秋に刊行され、同年十一月二十日、同劇場で初演を迎えている。

本作は、一九二二年、(プラハにあると思われる)コレナティー弁護士事務所でのやりとりから始まる。事務弁護士ヴィーテクは過去の裁判資料を調べているが、それは、プルス家とグレゴル家のあいだで土地の相続権をめぐって百年近くにわたって行われている訴訟の判決が出る日だった。結果をいち早く知ろうとして姿を見せたグレゴルに対して、ヴィーテクは歴史的な訴訟が終わることに遺憾を表明する。そこに、オペラ歌手を志望しているヴィーテクの娘のクリスティナがやってきて、午前中に一緒にリハーサルした歌手エミリア・マルティの歌声に圧倒され、歌手になる夢を断念しようかと思いを打ち明ける。そのような中、コレナティー弁護士が戻ってくるが、ほぼ同時にマルティ本人も姿を見せる。憧れの人が目の前に現れて、クリスティナは驚くが、マルティは、なぜか話題の訴訟に関心を示す。コレナティーが経緯を話すうちに、誰も知るはずのない遺言書のありかをマルティが口にする……。

このようにして、裁判をめぐるミステリー風の謎解きが行われる一方、マルティの正体はいっそう謎を深める。緊迫感にあふれるこの戯曲は、一九二二―二三年にプラハでは二十四回の公演を重ねるなど好評を博したばかりか、国外でも反響を呼ぶ。原作発表からわずか五年後の一九二七年には日本語訳が刊行されるが、異なる訳者、異なる版元によって二つの翻訳がほぼ同時に発表されている。各地で高い関心を呼び起こした理由はいくつも考えられるが、まずは本作が不老不死というテーマを扱っているからであろう。

不老不死と同一性

不老不死については、民間伝承、文学作品で数多くの事例が見られる。『史記』に始皇帝が不死の薬を求めたという逸話があるかと思えば、グリムの童話、あるいはチェコの作家カレル・ヤロミール・エルベン(一八一一―七〇)が収集した民話にも、若返りをもたらす「命の水」の話が収められている。日本でも八百比丘尼《はっぴゃくびくに》などの逸話が残っている。老いや死への恐怖、そして生を渇望する思いは普遍的なものであるがゆえに各地で様々な事例が見られるのだろう。

チャペック自身、「前書き」で述べているように、アイルランドの作家、戯曲家ジョージ・バーナード・ショーも、不老不死を題材にした戯曲『メトセラ時代に帰れ』(一九二一年刊)を本作とほぼ同時期に発表している。同作は、アダムとイヴの時代から始まり、世界大戦を経て、二一七〇年の近未来にいたる五部構成の大作であるが、一九二〇年前後にこのような作品が相次いで発表されたのは、かつてない死者をもたらした世界大戦が生と死を改めて捉えなおす機会となったためでもある。チャペックは背骨の病気のため従軍していないが、当時、持病の状況は思わしくなく、しばしば死を身近に感じていたという。

不老不死を扱う物語が数多くある中、『マクロプロスの処方箋』が他の作品と一線を画しているのは、裁判が物語の軸となっているからであろう。グレゴル家とプルス家のあいだで百年近くにわたって繰り広げられてきた遺産相続の問題を背景にして、エミリア・マルティが鍵を握った存在として登場する。百年以上前の重要なやりとりが口頭でなされたため、十分な記録がないまま、裁判が継続している。そこで当事者しか知りえない情報をマルティが次々と明かすことで、相続の謎が少しずつ明らかになるが、マルティの素性がますます怪しさを増すという謎の非対称的な関係が本作の肝となっている。遺言書などの文書をもとに所有権の判断が下されるわけだが、そこで論点となるのは、誰の署名なのか、そして署名はいつなされたものかという点である。とりわけ、マルティは数々の書類に署名をした人物として同定できるのか、逆に「Ｅ・Ｍ」というイニシャルを記す人物は同じ人物といえるのか、という論点も含まれている。指紋や顔で人物の認証がなされるようになっているがゆえに、人物の同一性をめぐる問題は今日的なものである。

なかでも「変身」と名付けられた最終幕は、マルティへの尋問さながらに、まさに裁判形式で進められるが、それはマルティという人物の同一性をめぐる問いかけがなされる場でもある。それはある意味で異能な者を弾劾する魔女裁判のようでもあれば、常識では理解できない事柄にいかに答えを出すべきかという陪審員制度における問いの側面もあるだろう。このように、本人、そして周囲にとっての人物の同一性の問題は不老不死というテーマと並行して本作に緊張感をもたらす要素となっている。

同一性の問題とともに、本作の謎を深める要素となっているのが、マルティの多言語的な世界である。歌手マルティは長い年月を生きているが、その過去を知られないように一箇所に留まらずに各地を転々としている。ロシア語、ドイツ語、スペイン語の名前も有するマルティは生活をしたそれぞれの都市で過去を有している。ドイツ語の遺言書が読み上げられたり、ハウクとはスペイン語で言葉を交わすなど、ヨーロッパを遍歴した過去が、彼女が発する言葉の隅々に息づいているかのようである。第一幕でコレナティー弁護士がマルティに外国の出身かと尋ねるシーンがあるが、キリストを罵倒したため死ぬことすら許されなかった「さまよえるユダヤ人」の面影を彼女に重ね合わせることもできるかもしれない。なかでも終盤、彼女は「マクロプロス」という名に特別な反応を示し、母語であるギリシア語で喘ぎ声を発する。ギリシア語で「マクロ」は「長い」、プロスは「息子」をそれぞれ意味している。長生きする子として、様々な土地で体験を重ねてきた彼女は幾つもの言語を話すが、彼女が発する言語そのものに彼女の来歴が刻まれているのである。

退屈の功罪

生と死の関係については、哲学的な議論の対象ともなってきた。この点に関して本作を題材にして考察を行ったのが、英国の哲学者バーナード・ウィリアムズ(一九二九―二〇〇三)である。一九七三年刊の著書『自己の諸問題(*Problems of the Self*)』には、「マクロプロス事件　不滅の退屈に関する考察」という章がある。ルクレティウスらの議論を踏まえて、死は果たして悪なのかという問いを検証するのだが、その事例となるのがE・M(エミリア・マルティ)である。

ウィリアムズはE・Mが終盤で発する「退屈」という言葉に注目する。三百歳を越えた彼女は三百年にわたって同年齢で生き続けており、その間、多種多様な出来事が彼女の身の回りに起こるが、逆に言えば、ある人物が、ある特定の時期にのみ意味を感じる出来事を幾度となく体験する羽目に陥っている。つまり、不老不死であることは、無限に反復される出来事を受け入れ、かつ出来事の記憶が次から次へと蓄積されることでもある(それゆえ、年号が記された書類棚は記憶の蓄積を示す小道具として重要な役割を果たしている)。そして、彼女と同じ条件に置かれた人物はほとんどいないため、彼女の感覚を共有できるものはおらず絶対的な孤独の状況に置かれている。このような点を踏まえて、ウィリアムズは有限の生の価値を指摘し、「ある意味で死は生に意味を与える」という観点から、魂の不滅性ではなく、魂の死ぬべき運命(the mortality of the life)を説く。

チャペックもまた、ウィリアムズの議論と重なる点を述べていた。一九二〇年、アンリ・ベルクソン(一八五九―一九四一)の著書『創造的進化』のチェコ語版(一九一九年刊)をめぐる書評を発表している。同書の内容を整理したうえで、ベルクソンにとっては生命が興奮をもたらし、そして全幅の信頼を寄せる源泉になっているとチャペックは指摘する。そして人類は生きることに何千年も費やしているのに、信念や生気の源泉を生命に見出していない。生命の飛躍という無限なるものを見出したベルクソンの謎はどういう点にあるのかと問う。「私が思うに、その謎はきわめて単純なものだ。ベルクソンは、彼の抱く生命のイメージから、ある一つのものを除外している。つまり、死だ。／だがその死こそが、たえず繰り返される死こそが、永遠に繰り返される誕生と同様に、生命の本質となる特徴なのだ」。ベルクソンの議論を反転する形で、チャペックは死の意義を問い直しており、ある意味でウィリアムズの見解を先取りするものとなっている。

永遠の生、不老不死への羨望は色々な場面で語られるが、チャペック、ウィリアムズの議論はそのような視点に一石を投じている。近年、死生学が注目されているように、生と死をめぐる問いかけは普遍的なものである。世界的にも屈指の長寿高齢化社会である日本の文脈において、この議論はより切実なものとなっている。長寿であることは無条件に望ましいことなのか、人間にとっての幸せとは何なのか。生と死をめぐる様々な論点が本作には鏤められている。

ヤナーチェクによる同名オペラ

チャペックの『マクロプロスの処方箋』はたしかに哲学的な問いかけを孕んでいるが、同時に、この作品が芝居、つまり見世物である点も忘れてはならないだろう。なかでも注目すべきは、マルティがオペラ歌手であるという設定だ。オペラ歌手は(録音を媒介することはあるにせよ)、基本的には、その時、その場限りの一回性をパフォーマンスとして体現する表現者である。そのような人物が不老不死となった時にどうなるかというと、その一回性の無限の反復を余儀なくされる逆説的な状況が生まれる。チャペックはまさにその点を意識して、マルティをオペラ歌手として設定したのかもしれない。

だが、この芝居から、音楽、オペラ作品としての可能性をいち早く感じ取った人物がいる。音楽家レオシュ・ヤナーチェク(一八五四―一九二八)である。一九二二年十二月十日、プラハでの上演を鑑賞したヤナーチェクは深い感銘を受け、当時恋心を寄せていたカミラ・シュテスロヴァーにその時の様子を興奮した調子で綴っている。

今、プラハでは『マクロプロス』を上演している。三百三十七歳だが今なお若く美しい女性。君もそういう風になりたいかい？／その女性は不幸だ。ぼくたちが幸せなのは、ぼくたちの年齢はそれほど長くないと知っているからだ。だから、一瞬一瞬をうまく、適切に使わないといけない。ぼくたちの生はあまりにも駆け足だ――そして欲望。／ぼくの運命は後者だ。あの女――三百三十七歳の美女――には、もはや心がなかった。／好ましくないことだ。

（一九二二年十二月二十八日付、ヤナーチェクからカミラ・シュテスロヴァー宛ての手紙）

カミラは三十八歳年下の人妻であったが、晩年のヤナーチェクに創作上の刺激を与えたミューズとして知られる。ともに既婚者であったため、二人の距離は少なからずあり、また年の差もあり、二人が過ごす一瞬一瞬をヤナーチェクが大切にしていたことはこの文面からも伝わってくる。そして、『マクロプロスの処方箋』の公演に触発されたヤナーチェクが原作者のカレル・チャペックにオペラ化の打診をただちに行う。これに対して、チャペックは、次のような文面で返答している。

高名なるマエストロ

すでに申し上げましたように、私は音楽——とりわけ貴殿の音楽——については高尚なものであるという見解をもっており、私の『マクロプロスの処方箋』のような会話が主で、詩情に欠け、たいへんお喋りの多い戯曲と結びつけることなどあまり想像ができません。私の作品よりも——三百歳のあの人物を除けば——別のよいものを思いつかれるのではないかと思います。

私の率直な疑念は文字通りに受け止めていただく必要はございません。より問題となるのは、代理人F・コールに確認したところ、アメリカの(そして世界の)著作権代理人H・バーチとの契約により、本作は少なくとも向こう十年間、映画化も音楽をつけることも認められておりません。契約のこの条項の変更は難しいように思われます。

ですが、親愛なるマエストロ、私の作品に関係なく、三百歳の人物の生涯、その苦悩が軸となる作品を、私の作品よりもふさわしい形で考案していただくことは問題ないかと存じます。アハスヴェル（「さまよえるユダヤ人」を表す神話上の人物）、あるいはランゲル（フランチシェク・ランゲル。一八八八―一九六五。チャペックと同世代の作家）の短篇に出てくる魔女（『夢想家、殺人者』所収）、あるいはマクロプロス嬢を題材にして、貴殿の望まれる形でまったく独立した話をつくっていただくこともできます。［…］繰り返しになりますが、永遠の命、三百歳の人間というフィクションを私個人の文学財産とは思っておりませんし、貴殿がこのフィクションをお気に召す形で利用されることに何の障害もございません。

（一九二三年二月二十七日付、カレル・チャペックからヤナーチェク宛ての手紙）

チャペックは、会話が多いこと、そして契約上の問題から、同作を基にしたオペラ化をやんわりと断り、三百歳の人間という設定を自由に翻案してはどうかと打診をしている。まず、会話が多いという点は、戯曲という性質上、ある意味で当然のことであり、チャペックなりの拒絶の意思表明とも受け止めることができる。ヤナーチェクが人々の話し言葉を参照した発話旋律を多用する音楽家であることをチャペックはほとんど意識していない。モラヴィアの方言など、生きた言葉の旋律をオペラで実現することで知られたヤナーチェクは、ある意味で口語表現を多用する本作にはふさわしい人物であった。

だがそれよりも大きな障壁として立ちはだかったのは契約上の問題である。「映画化」、「音楽をつけること」には、オペラへの翻案も含まれていた。だが、様々な交渉を経て、「チェコ語版」に関してはその対象ではないという判断にいたり、ヤナーチェクはオペラ化の許諾を得る。一九二三年九月に執筆を開始し、一九二五年に完成したオペラ版は、一九二六年十二月十八日、ブルノの国民劇場で初演を迎えている。チャペックの妹ヘレナによれば、当初疑念を抱いていた原作者は上演を見て「思っていたよりも百倍素晴らしかった」と称賛したという。ヤナーチェクのオペラの台本は、チャペックの原作に比べると、たしかに大幅に短くなっているものの、チャペックの台詞に手を入れた箇所はそれほど多くはない。ただ最後の「変身」は割愛されているため、裁判の要素はなくなり、マルティの悲劇的な側面が強まっているともいえる。

オペラ歌手という設定がヤナーチェクの関心を引いたように思えるが、じつはチャペックの原作には、マルティあるいはクリスティナが歌うシーンはない。「ヤナーチェクがこの戯曲のなかにオペラ歌手が登場することが気に入ったと考えるのもあながち誤ってはいないにしても、それは声というものがひとの身体についてはなれないからにほかならないのだ」（小沼純一「〈ふつうさ〉というユートピア　チャペック／ヤナーチェクのオペラ

〈マクロプロス事件〉をめぐって」『ユリイカ　特集カレル・チャペック』一九九五年、十一月号、二四七頁）とあるように、ヤナーチェクは、原作で不在であった歌を自身のオペラによって埋めている。それは、言葉を歌へと昇華させるという声のあり方そのものへ関心を寄せる音楽家ならではの営為であったとも言えるだろう。

つまり、チャペックの戯曲が、ヤナーチェクによってオペラ作品となったことで、マルティという歌手の声そのものへの注目が一層高まったと言える。というのも、戯曲であれ、オペラであれ、舞台芸術はまさに役者の身体を通して表現されるからだ。もちろん、戯曲もまた声に出されることによって、その生を獲得する。チャペック自身、次のように述べている。

世界が世界であるかぎり、劇場はあり続けるだろう。生きている別の人物が息をしたり、動いたり、話したりする姿を直接見ていると、まるで自分が動いたり、動きたくなったり、あるいはただそのことに思いを巡らすが、それこそがおそらく人間をより良いものにするのだろう。そこには、身体的な近さ、劇場の役者との触れ合いがあり、それは映画が与えることのないものである。別の言い方をしよう。人間が役者であり、役者が人間であるかぎり、劇場はあり続けるだろう。

（「二人のインタビュー」一九二八年）

この一節にあるように、身体と心の同一性を題材にした本作もまた舞台芸術として表現されることによって、さらには原作にはないマルティの歌声がヤナーチェクによって表現されることによって、『マクロプロスの処方箋』という作品に新たな息吹が宿ることになった。そのように考えると、戯曲家チャペックの醍醐味が感じられるのがまさにこの一作とも言えるだろう。

＊

最後に、本作の題名について触れておこう。本作は、一九二七年の初訳以来、たびたび訳出されてきた。

「マクロポウロス家の秘術」北村喜八訳、『世界戯曲全集　中欧篇　中欧現代劇集第二十二巻』近代社、一九二七年。

「マクロポウロス家の秘法」鈴木善太郎訳、『近代劇全集　第三十八巻　中欧編』第一書房、一九二七年。
『マクロプロス事件』田才益夫訳、世界文学叢書一、八月舎、一九九八年(以下に再録、『チャペック戯曲全集』田才益夫訳、八月舎、二〇〇六年)。
「マクロプロスの秘密」、『白い病気　マクロプロスの秘密　カレル・チャペック戯曲集2』栗栖茜訳、海山社、二〇二〇年。

このように、本作の題名には「秘術／秘法／秘密」「事件」というそれぞれ異なる訳語が用いられてきた。原題は Věc Makropulos であり、věc は「物」あるいは「事柄」などを意味する。多義的な意味をもつ言葉であるが、チャペック自身は秘術を連想される語彙をタイトルに用いたことはなく、作品内では、マクロプロスが書き記したもの、つまり「処方箋」という意味が強いことから、本書では同表現を用いることにした。はたして、マクロプロスが記した処方箋が、後世の私たちにとって生の処方箋となっているかどうかは読者の皆さんの判断に委ねたい。

本書の底本には Karel Čapek: *Spisy VII. Dramata. Loupežník. RUR. Věc Makropu-*

los. Bílá nemoc. Matka. Praha: Český spisovatel, 1994. を用いた。

『白い病』に次いで、岩波書店の古川義子さんには大変お世話になった。心からの謝意を示したい。

二〇二一年六月

阿部賢一

マクロプロスの処方箋《しょほうせん》　カレル・チャペック作

2022年8月10日　第1刷発行

訳　者　阿部賢一《あべけんいち》

発行者　坂本政謙

発行所　株式会社　岩波書店
〒101-8002 東京都千代田区一ツ橋 2-5-5
案内 03-5210-4000　営業部 03-5210-4111
文庫編集部 03-5210-4051
https://www.iwanami.co.jp/

印刷・三陽社　カバー・精興社　製本・中永製本

ISBN 978-4-00-327744-7　　Printed in Japan

読書子に寄す

—岩波文庫発刊に際して—

岩波茂雄

真理は万人によって求められることを自ら欲し、芸術は万人によって愛されることを自ら望む。かつては民を愚昧ならしめるために学芸が最も狭き堂宇に閉鎖されたことがあった。今や知識と美とを特権階級の独占より奪い返すことはつねに進取的なる民衆の切実なる要求である。岩波文庫はこの要求に応じそれに励まされて生まれた。それは生命ある不朽の書を少数者の書斎と研究室とより解放して街頭にくまなく立たしめ民衆に伍せしめるであろう。近時大量生産予約出版の流行を見る。その広告宣伝の狂態はしばらくおくも、後代にのこすと誇称する全集がその編集に万全の用意をなしたるか。千古の典籍の翻訳企図に敬虔の態度を欠かざりしか。さらに分売を許さず読者を繫縛して数十冊を強うるがごとき、はたしてその揚言する学芸解放のゆえんなりや。吾人は天下の名士の声に和してこれを推挙するに躊躇するものである。このときにあたって、岩波書店は自己の責務のいよいよ重大なるを思い、従来の方針の徹底を期するため、すでに十数年以前より志して来た計画を慎重審議この際断然実行することにした。吾人は範をかのレクラム文庫にとり、古今東西にわたって文芸・哲学・社会科学・自然科学等種類のいかんを問わず、いやしくも万人の必読すべき真に古典的価値ある書をきわめて簡易なる形式において逐次刊行し、あらゆる人間に須要なる生活向上の資料、生活批判の原理を提供せんと欲する。この文庫は予約出版の方法を排したるがゆえに、読者は自己の欲する時に自己の欲する書物を各個に自由に選択することができる。携帯に便にして価格の低きを最主とするがゆえに、外観を顧みざるも内容に至っては厳選最も力を尽くし、従来の岩波出版物の特色をますます発揮せしめようとする。この計画たるや世間の一時の投機的なるものと異なり、永遠の事業として吾人は微力を傾倒し、あらゆる犠牲を忍んで今後永久に継続発展せしめ、もって文庫の使命を遺憾なく果たさしめることを期する。芸術を愛し知識を求むる士の自ら進んでこの挙に参加し、希望と忠言とを寄せられることは吾人の熱望するところである。その性質上経済的には最も困難多きこの事業にあえて当たらんとする吾人の志を諒として、その達成のため世の読書子とのうるわしき共同を期待する。

昭和二年七月